KB114338

죽은 불

죽은 불

루쉰 지음
김택규 옮김

읻다

일러두기

- 이 시선집은 루쉰의 자유체 시, 산문시, 민가체 시를 포함하는 현대시 35편과, 5·7언의 율시와 절구, 초사체楚辭體 시, 보탑시寶塔詩를 포함하는 고전시 54편에서 각기 23편과 10편, 총 33편을 가려 뽑았다. 당시의 역사적 맥락을 배제하고도 한국 독자들이 무난히 감상할 만한 서정성 짙은 작품을 주로 선정했다. 원문은 《魯迅全集》(人民文學出版社, 1991)와 周振甫 譯註,《魯迅詩全編》(浙江文藝出版社, 1991), 百度百科를 참고했다.

別諸弟三首

謀生無奈日奔馳, 有弟偏教各別離.

最是令人悽絕處, 孤檠長夜雨來時.

還家未久又離家, 日暮新愁分外加.

夾道萬株楊柳樹, 望中都化斷腸花.

從來一別又經年, 萬里長風送客船.

我有一言應記取, 文章得失不由天.

아우들과 이별하며 · 1

먹고 사느라 하릴없이 분주해
동생들이 있지만 서로 떨어져 있다
사람 마음 가장 처량해지는 곳은
비 오는 긴긴 밤 외로운 등불 아래

집에 돌아와도 바로 떠나야 하니
어스름에 새 슬픔 특히 더하다
좁은 길에 빽빽한 버드나무들
바라보면 다 애끊는 꽃이 되네

헤어져 다시 일 년을 보내야 하는데
만 리 긴 바람이 객선을 떠나보낸다
다들 기억해야 할 말 하나 있으니
삶의 성패는 하늘에 달려 있지 않다

1900년 4월

9

蓮蓬人

芰裳荇帶處仙鄉, 風定猶聞碧玉香.

鷺影不來秋瑟瑟, 葦花伴宿露瀼瀼.

掃除膩粉呈風骨, 褪却紅衣學淡妝.

好向濂溪稱淨植, 莫隨殘葉墮寒塘!

연꽃송이

마름잎 옷에 행초 띠 차고 선경에 사니
바람 자도 맑은 향기 풍기는 듯하다
백로의 자취 없이 가을은 쓸쓸하고
함께 밤새운 갈대꽃은 이슬에 젖었네
매끄러운 화장 지워 힘찬 기개 드러나고
붉은 옷 벗고서 수수하게 단장했네
맑고 곧다는 염계濂溪 선생 칭찬대로
낙엽 좇아 더러운 연못에 지지 않는다

1900년 가을

別諸弟三首 辛丑二月 幷跋

夢魂常向故鄉馳, 始信人間苦別離.
夜半倚床憶諸弟, 殘燈如豆月明時.

日暮舟停老圃家, 棘籬繞屋樹交加.
悵然回憶家鄉樂, 抱瓮何時更養花?

春風容易送韶年, 一棹煙波夜駛船.
何事脊令偏傲我, 時隨帆頂過長天!

아우들과 이별하며 · 2

꿈속 영혼은 늘 고향으로만 치닫는데
처음으로 세상의 쓰라린 이별을 알았다
한밤중 침상에 기대어 아우들을 떠올리니
가물대는 등불은 둥근 달처럼 환하다

저녁 무렵 배는 어느 농가에 멈췄고
가시울타리 두른 집에 나무들 겹쳐 자라 있다
고향의 즐거웠던 옛일 구슬피 추억하니
언제 다시 물 단지 안고 꽃을 기를까

봄바람은 쉬이 청년을 떠나보내고
밤배는 놀 비치는 수면에 바삐 노 저어간다
할미새는 왜 한사코 나를 비웃고 있나
시간이 흐르고 돛은 하늘을 머리에 인다

1901년 4월

自題小像

靈台無計逃神矢, 風雨如磐暗故園.

寄意寒星荃不察, 我以我血薦軒轅.

내 사진에 부쳐

마음은 큐피트의 화살을 피할 길 없고
거센 비바람이 조국을 온통 뒤덮었네
찬별에 뜻 전해도 풀들은 모르지만
나는 나의 피를 조국에 바치리라

1903년 3월

哀范君三章

其一

風雨飄搖日, 余懷范愛農.

華顛萎寥落, 白眼看雞蟲.

世味秋荼苦, 人間直道窮.

奈何三月別, 竟爾失畸躬!

其 二

海草國門碧, 多年老異鄉.

狐狸方去穴, 桃偶已登場.

故裏寒雲惡, 炎天凜夜長.

獨沈清冽水, 能否滌愁腸?

其 三

把酒論當世, 先生小酒人.

大圜猶茗艼?, 微醉自沈淪.

此別成終古, 從茲絕緒言.

故人雲散盡, 我亦等輕塵!

판아이눙을 애도하며

비바람 흩날리는 날에
판아이눙을 생각한다
허연 머리는 술이 없고
속된 무리를 경멸했다
세상맛은 가을 씀바귀처럼 쓰고
속세에는 바른 도가 다했는데
헤어진 지 세 달 만에
그 고고한 이를 잃을 줄이야

고국의 해변에 풀이 피고 지는 사이
선생은 여러 해 일본 땅을 헤맸다
바야흐로 청나라는 망했지만
이미 꼭두각시가 무대에 올라
고향은 찬 구름에 뒤덮이고
무더위에도 추운 밤이 긴데
선생은 홀로 맑고 찬 물에 빠져
수심을 씻어낼 수 있었을까

술잔 잡고 현세를 논하면서
선생은 취한 이들을 업신여겼고
온 세상이 만취한 것 같은데
취하지도 않고 물에 몸을 던졌다
그것이 영원한 이별 되어
그예 깊은 말 끊어져 버렸으니
친구들은 하나둘 구름으로 흩어지고
나 역시 가벼운 티끌 같아라

1912년 7월 22일

夢

很多的夢, 趁黃昏起哄.

前夢才擠却大前夢時, 後夢又趕走了前夢.

      去的前夢黑如墨; 在的後夢墨一般黑;

      去的在的仿佛都說,＂看我眞好顏色＂

顏色許好, 暗裏不知;

而且不知道, 說話的是誰?

暗裏不知, 身熱頭痛.

你來你來! 明白的夢.

꿈

숱한 꿈들, 황혼을 틈타 요란을 떤다

앞 꿈이 그 앞 꿈을 밀어내자, 뒷 꿈이 앞 꿈을 쫓아낸다

　　가버린 앞 꿈은 검기가 먹 같고 지금 있는 뒷 꿈

　　은 먹처럼 검다

　　가버린 것, 있는 것 다 내 멋진 색깔을 보라고

　　말하는 것 같다

색깔이 멋있는지는 어둠 속에서는 모른다

더욱이 모르겠다, 말하는 자가 누구인지

어둠 속에선 모른다, 신열과 두통을

이리 오라, 이리 와, 또렷한 꿈이여!

1918년 5월

21

人與時

一人說, 將來勝過現在.

一人說, 現在遠不及從前.

一人說, 什麼?

時道, 你們都侮辱我的現在.

      從前好的, 自己回去.

      將來好的, 跟我前去.

      這說什麼的,

      我不和你說什麼.

사람과 시간

한 사람이 말했다, 미래가 현재보다 낫다고

한 사람이 말했다, 현재가 과거보다 훨씬 못하다고

한 사람이 말했다, 무슨 소리냐고

시간이 말했다, 모두 내 현재를 모욕하는군

     과거가 좋다는 자, 혼자 돌아가라

     미래가 좋다는 자, 나와 앞으로 가자

     무슨 소리냐는 자,

     너와는 아무 말도 않겠다

1918년 7월

野草題

當我沈默着的時候, 我覺得充實; 我將開口, 同時感到空虛.

過去的生命已經死亡. 我對於这死亡有大歡喜, 因爲我借此知道它曾經存活. 死亡的生命已經朽腐. 我對於这朽腐有大歡喜, 因爲我借此知道它還非空虛.

生命的泥委棄在地面上, 不生喬木, 只生野草, 这是我的罪過.

野草, 根本不深, 花葉不美, 然而吸取露, 吸取水, 吸取陳死人的血和肉, 各各奪取它的生存. 當生存時, 還是將遭践踏, 將遭删刈, 直至於死亡而朽腐.

但我坦然, 欣然. 我將大笑, 我將歌唱.

我自愛我的野草, 但我憎惡这以野草作裝飾的地面. 地火在地下運行, 奔突; 熔岩一旦噴出, 將燒盡一切野草, 以及喬木, 於是幷且無可朽腐.

但我坦然, 欣然. 我將大笑, 我將歌唱.

天地有如此靜穆, 我不能大笑而且歌唱. 天地即不

《들풀》 서시

침묵하고 있을 때 나는 꽉 차 있음을 느낀다. 입을 열려고 하면 동시에 공허함을 느낀다.

과거의 생명은 이미 죽었다. 나는 이 죽음이 매우 기쁘다. 이로써 일찍이 그것이 살아 있었음을 알기 때문이다. 죽은 생명은 이미 부패했다. 나는 이 부패가 매우 기쁘다. 이로써 그것이 아직 공허하지 않다는 것을 알기 때문이다.

생명의 진흙은 땅 위에 버려져 큰 나무는 못 낳고 들풀을 낳았을 뿐이다. 이것은 나의 잘못이다.

들풀은 뿌리가 깊지 못하고 꽃과 잎도 아름답지 않다. 그러나 이슬을 흡수하고, 물을 흡수하고, 죽은 이의 피와 살을 흡수하며 각기 생존을 쟁취한다. 죽어 썩을 때까지 계속 밟히고 베이기는 하지만.

그래도 나는 기껍고 아무렇지도 않다. 크게 웃고 노래부를 것이다.

나는 내 들풀을 사랑하지만 들풀로 장식된 이 땅은 증오한다.

如此靜穆，我或者也將不能．我以這一叢野草，在明與暗，生與死，過去與未來之際，獻於友與仇，人與獸，愛者與不愛者之前作證．

爲我自己，爲友與仇，人與獸，愛者與不愛者，我希望這野草的死亡和朽腐，火速到來．要不然，我先就未曾生存，這實在比死亡與朽腐更其不幸．

去罷，野草，連着我的題辭！

一九二七年四月二十六日，

魯迅記於廣州之白雲楼上．

땅 밑에서 불길이 일어 내달리고 용암이 밖으로 솟구치면 들풀도 큰 나무도 타버려서 더 썩을 것도 없을 것이다.

하지만 나는 기껍고 아무렇지도 않다. 크게 웃고 노래 부를 것이다.

천지가 이토록 고요하니 나는 크게 웃고 노래 부르지 못한다. 천지가 이렇게 고요하지 않아도 못 그럴지도 모른다. 나는 이 한 떨기 들풀을 빛과 어둠, 삶과 죽음, 과거와 미래의 경계에서 친구와 적, 인간과 짐승, 사랑하는 사람과 사랑하지 않는 사람 앞에 바쳐 증거로 삼는다.

나 자신을 위하여, 벗과 원수, 인간과 짐승, 사랑하는 이와 사랑하지 않는 이를 위하여 나는 이 들풀이 속히 죽고 부패하길 바란다. 그렇지 않으면 난 일찍이 살아 있지 않았던 게 되며 이는 실로 죽고 부패하는 것보다 더 불행하다.

가라, 들풀이여, 나의 이 서시를 따라!

1927년 4월 26일
광저우 백운루白雲樓에서

秋夜

在我的後園，可以看見墻外有兩株樹，一株是棗樹，還有一株也是棗樹．

这上面的夜的天空，奇怪而高，我生平没有見過这樣奇怪而高的天空．他仿佛要離開人間而去，使人們仰面不再看見．然而現在却非常之藍，閃閃地映着幾十個星星的眼，冷眼．他的口角上現出微笑，似乎自以爲大有深意，而將繁霜灑在我的園裏的野花草上．

我不知道那些花草眞叫什麼名字，人們叫他們什麼名字．我記得有一種開過極細小的粉紅花，現在還開着，但是更極細小了，她在冷的夜氣中，瑟縮地做夢，夢見春的到來，夢見秋的到來，夢見瘦的詩人將眼淚擦在她最末的花瓣上，告訴她秋雖然來，冬雖然來，而此後接着還是春，蝴蝶亂飛，蜜蜂都唱起春詞來了．她於是一笑，雖然顏色凍得紅慘慘地，仍然瑟縮着．

棗樹，他們簡直落盡了葉子．先前，還有一兩個孩子

가을밤

우리집 뒷마당에서 담장 밖을 보면 나무 두 그루가 보인다. 한 그루는 대추나무이고 다른 한 그루도 대추나무다.

그 위의 밤하늘은 기괴하고 높다. 평생 그렇게 기괴하고 높은 하늘은 본 적이 없다. 그는 마치 인간 세상을 멀리 떠나 사람들이 올려다봐도 더는 안 보이게 하려는 것 같다. 그런데 지금은 너무나 파랗고 반짝반짝 수십 개 별의 눈을, 그 차가운 눈을 깜박이고 있다. 그의 입가에는 미소가 걸려 제 딴에는 마치 깊은 의도를 품은 것 같고 우리 뜰의 야생 화초 위에 된서리를 뿌린다.

그 화초들의 진짜 이름이 무엇인지, 사람들이 뭐라고 부르는지는 모른다. 어느 것이 작디작은 분홍꽃을 피운 기억이 나긴 하는데 그 꽃은 지금도 피어 있지만 훨씬 작아졌다. 그녀는 차가운 밤기운 속에서 움츠리고 꿈을 꾼다. 꿈에서 봄이 오고, 가을이 오고, 야윈 시인이 그녀의 마지막 꽃잎에 눈물을 적신다. 시인은 그녀에게 가을이 오고 겨울이 와도 그 후에는 다시 봄이 이어져 나

來打他們, 別人打剩的棗子, 現在是一個也不剩了, 連葉子也落盡了. 他知道小粉紅花的夢, 秋後要有春; 他也知道落葉的夢, 春後還是秋. 他簡直落盡葉子, 單剩幹子, 然而脫了當初滿樹是果實和葉子時候的弧形, 欠伸得很舒服. 但是, 有幾枝還低亞着, 護定他從打棗的竿梢所得的皮傷, 而最直最長的幾枝, 却已默默地鐵似的直刺着奇怪而高的天空, 使天空閃閃地鬼睞眼; 直刺着天空中圓滿的月亮, 使月亮窘得發白.

鬼睞眼的天空越加非常之藍, 不安了, 仿佛想離去人間, 避開棗樹, 只將月亮剩下. 然而月亮也暗暗地躲到東邊去了. 而一無所有的幹子, 却仍然默默地鐵似的直刺着奇怪而高的天空, 一意要制他的死命, 不管他各式各樣地睞着許多蠱惑的眼睛.

哇的一聲, 夜游的惡鳥飛過了.

我忽而聽到夜半的笑聲, 吃吃地, 似乎不願意警動睡着的人, 然而四圍的空氣都應和着笑. 夜半, 沒有別的人, 我即刻聽出這聲音就在我嘴裏, 我也即刻被這笑聲所驅逐, 回進自己的房. 燈火的帶子也即刻被我旋高了.

後窗的玻璃上丁丁地響, 還有許多小飛蟲亂撞. 不

비가 어지러이 날고 꿀벌이 봄 노래를 부를 것이라고 말했다. 이에 그녀는 싱긋 웃었다. 얼어서 색깔이 불그뎅뎅해지고 여전히 움츠리고 있긴 했지만.

대추나무, 그들은 잎이 거의 다 떨어졌다. 얼마 전, 한두 아이가 와서 다른 이들이 떨어뜨리고 남긴 대추를 마저 떨어뜨렸다. 그래서 지금은 대추가 하나도 안 남았는데 잎마저 다 떨어진 것이다. 그들은 작은 분홍꽃의 꿈을 알고 있다, 가을 뒤에는 봄이 올 것이라는. 낙엽의 꿈도 알고 있다, 봄 뒤에는 또 가을이라는. 그들은 그야말로 잎이 다 떨어져 달랑 줄기만 남았다. 하지만 나무 가득 열매와 잎을 달고 휘어 있던 본모습에서 벗어나 무척 편안히 기지개를 켜고 있다. 그런데 가지 몇 개는 대추 따는 장대에 맞은 생채기를 돌보는 듯 늘어져 있지만 가장 곧고 긴 가지 몇 개는 기괴하고 높은 하늘을 묵묵히 쇠꼬챙이처럼 곧게 찌르고 있다. 하늘은 반짝반짝 음험한 눈을 깜박인다. 하늘의 둥근 달도 곧게 찌르고 있다. 달은 곤혹스러워 창백해졌다.

음험한 눈을 깜박이던 하늘은 더욱 파래지고 불안해져 마치 달만 남겨둔 채 인간 세상을 떠나 대추나무를 피하려는 듯하다. 달도 슬그머니 동쪽으로 몸을 숨겼다. 그러나 아무것도 없는 나무줄기는 기괴하고 높은 하늘

多久, 幾個進來了, 許是從窗紙的破孔進來的. 他們一進來, 又在玻璃的燈罩上撞得丁丁地響. 一個從上面撞進去了, 他於是遇到火, 而且我以為這火是真的. 兩三個却休息在燈的紙罩上喘氣. 那罩是昨晚新煥的罩, 雪白的紙, 折出波浪紋的疊痕, 一角還畫出一枝猩紅色的栀子.

猩紅的栀子開花時, 棗樹又要做小粉紅花的夢, 青蔥地彎成弧形了……我又聽到夜半的笑聲; 我趕緊砍斷我的心緒, 看那老在白紙罩上的小青蟲, 頭大尾小, 向日葵子似的, 只有半粒小麥那麼大, 遍身的顏色蒼翠得可愛, 可憐.

我打一個呵欠, 點起一支紙煙, 噴出煙來, 對着燈默默地敬奠这些蒼翠精致的英雄們.

一九二四年九月十五日.

을 계속 묵묵히 쇠꼬챙이처럼 곧게 찌르고 있다. 하늘이 아무리 고혹적으로 이리저리 눈을 깜박여도 오로지 그를 죽이겠다는 일념뿐이다.

크악, 소리와 함께 야행성의 흉조가 지나갔다.

한밤에 돌연 웃음소리가 들렸다. 키득키득, 잠자는 사람을 깨울 생각은 없는 듯했지만 사방의 공기가 덩달아 웃었다. 한밤에 다른 사람은 없기에 나는 그 소리가 내 입에서 나는 것을 즉시 알아챘고 그 소리에 쫓겨 또 즉시 내 방으로 돌아왔다. 등잔의 심지도 즉시 돋우었다.

뒤창 유리에 날벌레 떼가 부딪쳐 톡톡 소리가 난다. 얼마 안 있어 몇 마리가 안에 들어왔다. 뚫린 창호지 구멍으로 들어왔나 보다. 들어와서는 또 유리 등갓에 부딪쳐 톡톡 소리를 낸다. 한 마리는 위쪽에서 안으로 들어가 불과 마주쳤다. '그 불은 진짜야.'라고 나는 속으로 생각했다. 두세 마리는 종이 등갓 위에서 쉬며 숨을 고르고 있다. 그것은 전날 저녁 새로 바꾼 등갓이다. 새하얀 종이에 물결무늬 모양의 접은 흔적이 있고 모서리에 진홍색 치자 달린 가지도 그려져 있다.

치자나무에 꽃이 피면 대추나무는 다시 작은 분홍꽃의 꿈을 꾸고 푸르게 우거져 휘어질 것이다……. 또 한밤의 웃음소리가 들렸다. 나는 얼른 상념을 끊고 하얀 종

이 등잣 위에 죽어 있는 작고 파란 날벌레를 보았다. 머리가 크고 꼬리가 작아 마치 해바라기 씨앗 같았고 크기는 밀알 반 개 만했으며 온몸이 귀엽고 애처로운 청록색이었다.

나는 하품을 하고 담배에 불을 붙여 연기를 뿜어냈다. 등불을 마주한 채 청록색의 그 작은 영웅들에게 말없이 조의를 표했다.

1924년 9월 15일

影的告別

人睡到不知道時候的時候，就會有影來告別，說出那些話——

有我所不樂意的在天堂裏，我不願去；有我所不樂意的在地獄裏，我不願去；有我所不樂意的在你們將來的黃金世界裏，我不願去．

然而你就是我所不樂意的．

朋友，我不想跟隨你了，我不願住．

我不願意！

嗚乎嗚乎，我不願意，我不如彷徨於無地．

我不過一個影，要別你而沈沒在黑暗裏了．然而黑暗又會吞幷我，然而光明又會使我消失．

然而我不願彷徨於明暗之間，我不如在黑暗裏沈沒．

然而我終於彷徨於明暗之間，我不知道是黃昏還是黎明．我姑且舉灰黑的手裝作喝幹一杯酒，我將在不知道時候的時候獨自遠行．

嗚乎嗚乎，倘若黃昏，黑夜自然會來沈沒我，否則我要被白天消失，如果現是黎明．

그림자의 고별

사람들이 언제인지 모르고 잠들어 있을 때 그림자가 이별을 고하러 와 이런 말을 할 것이다……

내가 싫어하는 게 천당에 있다면 난 가고 싶지 않다. 내가 싫어하는 게 지옥에 있다면 난 가고 싶지 않다. 내가 싫어하는 게 당신들 미래의 황금 세계에 있다면 난 가고 싶지 않다.

그런데 네가 바로 내가 싫어하는 사람이다.

친구여, 나는 너를 따르고 싶지 않다, 네게 머물고 싶지 않다.

나는 그러고 싶지 않다!

아아, 나는 그러고 싶지 않다, 차라리 아득한 곳에서 헤매는 게 낫다.

나는 그림자일 뿐이며 너와 헤어져 어둠 속에 묻힐 것이다. 하지만 어둠은 나를 삼킬 것이고 빛은 나를 사라지게 할 것이다.

하지만 빛과 어둠 사이에서 헤매고 싶지는 않다, 차라리 어둠 속에 묻히는 게 낫다.

朋友, 時候近了.

我將向黑暗裏彷徨於無地.

你還想我的贈品. 我能獻你甚麼呢? 無已, 則仍是黑暗和虛空而已. 但是, 我願意只是黑暗, 或者會消失於你的白天; 我願意只是虛空, 決不占你的心地.

我願意这樣, 朋友——

我獨自遠行, 不但没有你, 并且再没有別的影在黑暗裏. 只有我被黑暗沈没, 那世界全屬於我自己.

一九二四年九月二十四日.

하지만 나는 끝내 빛과 어둠 사이에서 헤매며 황혼인지 새벽인지 모른다. 나는 잠시 거뭇한 손을 들어 술잔을 비우는 척하고는 언제인지 모를 때 홀로 먼길을 떠나련다.

아아, 황혼이라면 당연히 검은 밤이 다가와 나를 묻을 것이고, 아니면 낮이 나를 사라지게 할 것이다, 지금이 새벽이라면.

친구여, 때가 가까웠다.

나는 아득한 곳에서 헤매려 어둠 속으로 향할 것이다.

너는 아직 내 선물을 바란다. 내가 네게 무엇을 줄 수 있을까. 다름 아닌 어둠과 공허뿐. 하지만 나는 그저 어둠이거나 너의 낮에 사라지고 싶다. 나는 그저 공허이고 싶다, 네 마음을 차지하고 싶지 않다.

나는 그러고 싶다, 친구여······.

나는 홀로 먼 길을 떠나련다, 너도 없고 다른 그림자도 없는 어둠 속으로. 내가 어둠 속에 묻혀야만 세계는 온전히 나 자신에 속한다.

1924년 9월 24일

求乞者

我顺着剥落的高墙走路, 踏着松的灰土. 另外有幾個人, 各自走路. 微風起來, 露在墙頭的高樹的枝條帶着還未乾枯的葉子在我頭上搖動.

微風起來, 四面都是灰土.

一個孩子向我求乞, 也穿着夹衣, 也不見得悲戚, 而攔着磕頭, 追着哀呼.

我厭惡他的聲調, 態度. 我憎惡他幷不悲哀, 近於兒戲; 我煩厭他这追着哀呼.

我走路. 另外有幾個人各自走路. 微風起來, 四面都是灰土.

一個孩子向我求乞, 也穿着夹衣, 也不見得悲戚, 但是哑的, 攤開手, 裝着手势.

我就憎惡他这手势. 而且, 他或者幷不哑, 这不過是一種求乞的法子.

我不布施, 我無布施心, 我但居布施者之上, 給與煩膩, 疑心, 憎惡.

我顺着倒敗的泥墙走路, 斷磚叠在墙缺口, 墙裏面

40

거지

헐어빠진 높은 담장을 따라 푸석푸석한 흙먼지를 밟으며 길을 걸었다. 다른 몇 사람도 저마다 길을 걸었다. 실바람이 불자 담장 위로 솟은 나뭇가지가 아직 시들지 않은 잎을 달고 머리 위에서 흔들거렸다.

실바람이 불자 사방에 흙먼지가 날렸다.

한 아이가 내게 구걸을 했다. 겹옷 차림에 슬퍼보이지도 않는데 길을 막고 머리를 조아리는가 하면 쫓아오며 애원을 하기도 했다.

그 애의 말투와 태도가 싫었다. 그 애가 슬프지도 않은데 거의 장난처럼 구는 것이 싫었다. 그렇게 쫓아오며 애원하는 것이 짜증스러웠다.

길을 걸었다. 다른 몇 사람도 저마다 길을 걸었다. 실바람이 불자 사방에 흙먼지가 날렸다.

한 아이가 내게 구걸을 했다. 겹옷 차림에 슬퍼보이지도 않는데 말 못하는 시늉을 하며 두 손을 펴 보였다.

그 애의 그 손동작이 싫었다. 더구나 그 애는 말을 못하는 게 아닐지도, 그건 구걸의 수단일 뿐일지도 몰랐다.

没有什麽. 微風起來, 送秋寒穿透我的夹衣; 四面都
是灰土.

我想着我將用什麽方法求乞: 發聲, 用怎樣聲調? 裝
啞, 用怎樣手勢?……

另外有幾個人各自走路.

我將得不到布施, 得不到布施心; 我將得到自居於
布施之上者的煩膩, 疑心, 憎惡.

我將用無所為和沈默求乞……

我至少將得到虛無.

微風起來, 四面都是灰土. 另外有幾個人各自走路.

灰土, 灰土, ……

…………………

灰土……

一九二四年九月二十四日.

42

나는 베풀지도 않았고 베풀 마음도 없었다. 베푸는 자의 위치에서 짜증과 의심과 미움만 주었다.

무너진 토담을 따라 길을 걸었다. 깨진 벽돌이 부서진 담장 사이에 쌓여 있었고 담장 속에는 아무것도 없었다. 실바람이 불자 가을 추위가 겹옷 속으로 파고들었고 사방에 흙먼지가 날렸다.

나는 무슨 수로 구걸을 할지 생각해보았다. 목소리는 어떤 말투를 쓸까? 말 못하는 시늉은 어떤 손동작을 쓸까? 다른 몇 사람도 저마다 길을 걸었다.

나는 베풂도 못 얻고 베푸는 마음도 못 얻을 것이다. 베푸는 자의 짜증과 의심과 미움만 얻을 것이다.

나는 무심함과 침묵으로 구걸할 것이다…….

나는 적어도 허무는 얻을 것이다.

실바람이 불자 사방에 흙먼지가 날렸다. 다른 몇 사람도 저마다 길을 걸었다. 흙먼지, 흙먼지……

…………

흙먼지……

1924년 9월 24일

復讐

人的皮膚之厚，大概不到半分，鮮紅的熱血，就循着那後面，在比密密層層地爬在墙壁上的槐蠶更其密的血管裏奔流，散出溫熱。於是各以這溫熱互相蠱惑，煽動，牽引，拼命希求偎倚，接吻，擁抱，以得生命的沈酣的大歡喜。

但倘若用一柄尖銳的利刃，只一擊，穿透這桃紅色的，菲薄的皮膚，將見那鮮紅的熱血激箭似的以所有溫熱直接灌溉殺戮者；其次，則給以冰冷的呼吸，示以淡白的嘴脣，使之人性茫然，得到生命的飛揚的極致的大歡喜；而其自身，則永遠沈浸於生命的飛揚的極致的大歡喜中。

這樣，所以，有他們倆裸着全身，捏着利刃，對立於廣漠的曠野之上。

他們倆將要擁抱，將要殺戮……

路人們從四面奔來，密密層層地，如槐蠶爬上墙壁，如馬蟻要扛鯗頭。衣服都漂亮，手倒空的。然而從四面奔來，而且拼命地伸長脖子，要賞鑑這擁抱或殺

44

복수

사람의 피부는 두께가 반 푼도 안 되고 선홍색 뜨거운 피가 그 안쪽을 돌면서 담벼락을 기어오르는 자벌레들보다 더 빽빽한 혈관 속을 흐르며 따뜻한 열을 발산한다. 그래서 사람들은 각기 이 따뜻한 열로 서로 꾀고, 부추기고, 끌어당기고, 어떻게든 붙어 있으려 하고, 입 맞추고, 포옹하여 생명의 거리낌 없는 대환희를 맛본다.

하지만 날카로운 칼날로 그 복숭앗빛 얇은 피부를 찔러 꿰뚫으면 선홍색 뜨거운 피가 그 따뜻한 열을 죄다 성난 화살처럼 살해자에게 퍼부을 것이다. 그다음에는 냉랭한 숨결을 뿜어주고 파리한 입술을 보여줘 그를 망연하게 하고 생명의 비상하는, 극도의 대환희를 맛보여줄 것이다. 그리고 자신은 생명의 비상하는, 극도의 대환희 속에 영원히 잠길 것이다.

그렇게, 그래서 그 두 사람은 발가벗은 채, 날카로운 칼을 쥔 채 드넓은 광야 위에 마주섰다.

그들이 포옹하려 하고, 살해하려 하는데……

행인들이 사방에서 빽빽이 몰려들었다. 자벌레들이 담

戮. 他們已經豫覺着事後自己的舌上的汗或血的鮮味.

然而他們倆對立着, 在廣漠的曠野之上, 裸着全身, 捏着利刃, 然而也不擁抱, 也不殺戮, 而且也不見有擁抱或殺戮之意.

他們倆这樣地至於永久, 圓活的身體, 已將乾枯, 然而毫不見有擁抱或殺戮之意.

路人們於是乎無聊; 覺得有無聊鑽進他們的毛孔, 覺得有無聊從他們自己的心中由毛孔鑽出, 爬滿曠野, 又鑽進別人的毛孔中. 他們於是覺得喉舌乾燥, 脖子也乏了; 終至於面面相覷, 慢慢走散; 甚而至於居然覺得乾枯到失了生趣.

於是只剩下廣漠的曠野, 而他們倆在其間裸着全身, 捏着利刃, 乾枯地立着; 以死人似的眼光, 賞鑑这路人們的乾枯, 無血的大戮, 而永遠沈浸於生命的飛揚的極致的大歡喜中.

一九二四年十二月二十日.

벼락을 기어오르는 것처럼, 개미들이 말린 생선 대가리를 지고 가려는 것처럼. 그들은 입은 옷은 아름다웠으나 손은 텅 비어 있었다. 그래도 사방에서 몰려들어 있는 힘껏 목을 빼고 그 포옹이나 살해를 감상하려 했다. 벌써 그들은 사후에 자기 혀에 닿을 땀이나 피의 생생한 맛을 미리 느끼고 있었다.

하지만 그 두 사람은 마주서 있는데도, 드넓은 광야 위에서 발가벗고 있고 날카로운 칼을 쥐고 있는데도 포옹하지도 살해하지도 않았다. 게다가 포옹하거나 살해할 마음도 없어 보였다.

그 두 사람은 그렇게 영원히 있을 듯했다. 매끄러운 몸이 벌써 말라가는데도 조금도 포옹하거나 살해할 마음이 없어 보였다.

그래서 행인들은 심심해졌다. 심심함이 털구멍 속으로 파고드는 것 같았고, 심심함이 심장에서 털구멍으로 빠져나와 광야 가득 기어 다니다가 다시 다른 사람의 털구멍 속으로 파고드는 것 같았다. 그래서 그들은 목구멍과 혀가 건조해지는 것 같았고 목도 피곤해졌다. 결국 서로 마주보고는 천천히 흩어졌다. 심지어 건조해지다 못해 삶의 재미를 잃어버린 것 같았다.

그래서 드넓은 광야만 남았고 그 두 사람은 거기에서

발가벗은 채, 날카로운 칼을 쥔 채 건조하게 서 있었다. 죽은 사람의 눈빛으로 행인들의 그 건조함과 무혈의 대살육을 감상하고서 생명의 비상하는, 극도의 대환희 속에 영원히 잠겼다.

1924년 12월 20일

《復仇(其二)》

因爲他自以爲神之子,以色列的王,所以去釘十字架.

兵丁們給他穿上紫袍,戴上荆冠,慶賀他;又拿一根葦子打他的頭,吐他,屈膝拜他;戲弄完了,就給他脫了紫袍,仍穿他自己的衣服.

看哪,他們打他的頭,吐他,拜他……

他不肯喝那用沒藥調和的酒,要分明地玩味以色列人怎樣對付他們的神之子,而且較永久地悲憫他們的前途,然而仇恨他們的現在.

四面都是敵意,可悲憫的,可呪詛的.

丁丁地響,釘尖從掌心穿透,他們要釘殺他們的神之子了,可憫的人們呵,使他痛得柔和.丁丁地響,釘尖從脚背穿透,釘碎了一塊骨,痛楚也透到心髓中,然而他們自己釘殺着他們的神之子了,可呪詛的人們呵,這使他痛得舒服.

十字架豎起來了;他懸在虛空中.

他沒有喝那用沒藥調和的酒,要分明地玩味以色列

복수·2

자신이 신의 아들이며 이스라엘의 왕이라 여겼기에 그
는 십자가에 못박혔다.

병사들은 그에게 자주색 옷을 입히고 가시 면류관을 씌
우고서 축하했다. 또 갈대로 머리를 때리고, 침을 뱉고,
무릎 꿇고 그에게 절을 했다. 다 놀린 다음에는 자주색
옷을 벗기고 다시 그의 옷을 입혔다.

보아라, 저들이 그의 머리를 때리고, 그에게 침을 뱉고,
그에게 절을 하는 것을……

그는 몰약 섞은 포도주를 마시지 않았다. 이스라엘인이
자신들의 신의 아들을 어떻게 대하는지 똑똑히 음미하
려고, 또 그들의 앞날을 좀 더 오래 가여워하면서도 그
들의 현재를 미워하려고.

사방에는 온통 가엾고 저주스러운 적의가 가득했다.

땅, 땅, 소리와 함께 못이 그의 손바닥을 뚫었다. 그들은
자신들의 신의 아들을 못박아 죽이려 했다. 가엾은 사
람들아, 이는 그에게 부드러운 아픔을 줄 뿐인데. 땅, 땅,
소리와 함께 못이 그의 발등을 뚫고 뼈를 부숴 아픔이

人怎樣對付他們的神之子, 而且較永久地悲憫他們的前途, 然而仇恨他們的現在.

路人都辱罵他, 祭司長和文士也戲弄他, 和他同釘的兩個強盜也譏誚他.

看哪, 和他同釘的……

四面都是敵意, 可悲憫的, 可呪詛的.

他在手足的痛楚中, 玩味着可憫的人們的釘殺神之子的悲哀和可呪詛的人們要釘殺神之子, 而神之子就要被釘殺了的歡喜. 突然間, 碎骨的大痛楚透到心髓了, 他即沈酣於大歡喜和大悲憫中.

他腹部波動了, 悲憫和呪詛的痛楚的波.

遍地都黑暗了.

"以羅伊, 以羅伊, 拉馬撒巴各大尼?!"(翻出來, 就是: 我的上帝, 你爲甚麽離棄我?!)

上帝離棄了他, 他終於還是一個"人之子"; 然而以色列人連"人之子"都釘殺了.

釘殺了"人之子"的人們的身上, 比釘殺了"神之子"的尤其血污, 血腥.

　　　　　　　　一九二四年十二月二十日.

마음속까지 파고들었다. 저주스러운 사람들아, 이는 그에게 편안한 아픔을 줄 뿐인데.

십자가가 세워지고 그가 허공에 매달렸다.

그는 몰약 섞은 포도주를 마시지 않았다. 이스라엘인이 자신들의 신의 아들을 어떻게 대하는지 똑똑히 음미하려고, 또 그들의 앞날을 좀 더 오래 가여워하면서도 그들의 현재를 미워하려고.

행인들은 모두 그를 욕했고 제사장과 서기도 그를 놀렸으며 함께 못박힌 두 도둑도 그를 비웃었다.

보아라, 그와 함께 못박힌 자들을…….

손발의 아픔 속에서 그는 음미하고 있었다. 가엾은 사람들이 신의 아들을 못박아 죽이는 슬픔과, 저주스러운 사람들이 신의 아들을 못박아 죽이려 하여 신의 아들이 곧 죽게 된 기쁨을. 돌연 뼈가 부서지는 엄청난 아픔이 마음속까지 파고들었고 그는 바로 거대한 기쁨과 거대한 연민 속에 빠져들었다.

그의 배가 연민과 저주의 아픔으로 요동쳤다.

온 천지가 어두워졌다.

"엘리, 엘리, 라마사박다니!"(나의 하느님, 어찌 나를 버리시나이까?)

하느님은 그를 버렸다. 결국 그는 역시 '사람의 아들'이

었다. 그런데 이스라엘인은 '사람의 아들'조차 못박아 죽였다.

'사람의 아들'을 못박아 죽인 사람들의 몸은 '신의 아들'을 못박아 죽인 것보다 더 피에 얼룩지고 피비린내가 났다.

1924년 12월 20일

希望

我的心分外地寂寞.

然而我的心很平安; 没有愛憎, 没有哀樂, 也没有顏色和聲音.

我大概老了. 我的頭髮已經蒼白, 不是很明白的事麽? 我的手顫抖着, 不是很明白的事麽? 那麽我的靈魂的手一定也顫抖着, 頭髮也一定蒼白了.

然而這是許多年前的事了.

這以前, 我的心也曾充滿過血腥的歌聲: 血和鐵, 火焰和毒, 恢復和報仇. 而忽然这些都空虛了, 但有時故意地填以没奈何的自欺的希望. 希望, 希望, 用这希望的盾, 抗拒那空虛中的暗夜的襲來, 雖然盾後面也依然是空虛中的暗夜. 然而就是如此, 陸續地耗盡了我的青春.

我早先豈不知我的青春已經逝去? 但以爲身外的青春固在: 星, 月光, 僵墜的蝴蝶, 暗中的花, 猫頭鷹的不祥之言, 杜鵑的啼血, 笑的渺茫, 愛的翔舞……. 雖然是悲凉漂渺的青春罷, 然而究竟是青

희망

내 마음 유난히 쓸쓸하다.

하지만 내 마음은 매우 평온하다. 사랑도 미움도 없고 슬픔도 기쁨도 없으며 색깔도 소리도 없다.

아마 늙어서인가 보다. 분명히 머리가 벌써 하얘지지 않았는가. 분명히 부들부들 손이 떨리고 있지 않은가. 그렇다면 영혼의 손도 틀림없이 떨리고 영혼의 머리도 틀림없이 하얘졌을 것이다.

하지만 그것은 오래전부터 그랬다.

그전에는 내 마음도 피와 철, 화염과 독, 회복과 복수의 피비린내 나는 노래로 꽉 찬 적이 있었다. 그런데 갑자기 그것들은 다 공허해져 버렸다. 그래도 때로 어쩔 수 없는 자기기만의 희망으로 일부러 빈자리를 채우곤 했다. 희망, 희망, 그 희망의 방패로 그 공허 속 어두운 밤의 습격에 저항했다. 방패 뒤에 계속 공허 속 어두운 밤이 있을지라도. 하지만 그러면서 내 청춘은 끊임없이 소진되었다.

내 청춘이 이미 가버린 것을 어찌 모르겠는가. 하지만

春.

然而現在何以如此寂寞? 難道連身外的青春也都逝去, 世上的青年也多衰老了麼?

我只得由我來肉薄这空虚中的暗夜了. 我放下了希望之盾, 我聽到Petőfi Sándor的"希望"之歌:

希望是什麼? 是娼妓:

她對誰都蠱惑, 將一切都獻給;

待你犧牲了極多的寶貝——

你的青春——她就抛棄你.

这偉大的抒情詩人, 匈牙利的愛國者, 爲了祖國而死在可薩克兵的矛尖上, 已經七十五年了. 悲哉死也, 然而更可悲的是他的詩至今沒有死.

但是, 可慘的人生! 桀驁英勇如Petőfi, 也終於對了暗夜止步, 回顧茫茫的東方了. 他說:

絕望之爲虛妄, 正與希望相同.

倘使我還得偷生在不明不暗的这"虛妄"中, 我就還要尋求那逝去的悲凉漂渺的青春, 但不妨在我的身外. 因爲身外的青春倘一消滅, 我身中的遲暮也即凋零了.

然而現在没有星和月光, 没有僵墜的蝴蝶以至笑的渺茫, 愛的翔舞. 然而青年們很平安.

58

몸 밖의 청춘은 그대로라고 생각한다. 별, 달빛, 떨어지는 나비, 어둠 속의 꽃, 부엉이의 불길한 소리, 두견새의 피 울음, 웃음의 아련함, 사랑의 춤추는 비상…… 슬프고 아련한 청춘이어도 어쨌든 청춘은 청춘이다.

그런데 지금 왜 이렇게 쓸쓸할까. 설마 몸 밖의 청춘도 다 가버리고 세상의 젊은이도 거의 노쇠한 걸까?

나는 그저 맨손으로 그 공허 속 어두운 밤과 싸워야 한다. 희망의 방패를 내려놓고 페퇴피 산도르[1]의 희망의 노래를 듣는다.

희망은 무엇인가? 창녀이다
누구든 유혹해 모든 걸 바치게 한다
당신이 가장 큰 보물, 청춘을 희생하면
그녀는 즉시 당신을 버릴 것이다

헝가리의 그 위대한 서정시인이자 애국자가 조국을 위해 코사크 병사의 창끝에 쓰러진 지 벌써 칠십오 년이 지났다. 슬픈 죽음이지만 더욱더 슬픈 것은 그의 시가 지금까지도 죽지 않은 것이다.

그러나 참혹한 인생이여, 페퇴피처럼 거칠고 용감한 사람도 끝내 어두운 밤 앞에 걸음을 멈추고 아득한 동쪽을 돌아보며 이렇게 말했다.

절망은 허망하다, 희망이 그러하듯.

我只得由我來肉薄这空虛中的暗夜了, 縱使尋不到身外的青春, 也總得自己來一擲我身中的遲暮. 但暗夜又在那裏呢? 現在没有星, 没有月光以至没有笑的渺茫和愛的翔舞; 青年們很平安, 而我的面前又竟至於幷且没有眞的暗夜.

絶望之爲虛妄, 正與希望相同!

一九二五年一月一日.

만약 밝지도 어둡지도 않은 그 '허망함' 속에서 계속 구차하게 살아야 한다면 지나간 그 슬프고 아련한 청춘을 찾아 나서련다. 그것이 몸 밖의 것이어도 상관 없다. 몸 밖의 청춘이 소멸하면 몸 안의 황혼도 곧 시들 것이므로.

그러나 지금은 별과 달빛도 없고 떨어지는 나비와 웃음의 아련함과 사랑의 춤추는 비상도 없다. 그런데도 젊은이들은 매우 평온하다.

난 그저 맨손으로 이 공허 속 어두운 밤과 싸워야 한다. 몸 밖의 청춘을 못 찾더라도 어떻게든 스스로 몸속의 황혼을 내던져야 한다. 그런데 어두운 밤은 또 어디 있을까? 지금은 별도 없고 달도 없고 웃음의 아련함과 사랑의 춤추는 비상도 없다. 젊은이들도 매우 평온하여 내 앞에는 진짜 어두운 밤도 없어져 버렸다.

　절망은 허망하다, 희망이 그러하듯!

1925년 1월 1일

雪

暖國的雨，向來没有變過冰冷的堅硬的燦爛的雪花．博識的人們覺得他單調，他自己也以爲不幸否耶？江南的雪，可是滋潤美艷之至了；那是還在隱約着的青春的消息，是極壯健的處子的皮膚．雪野中有血紅的寶珠山茶，白中隱青的單瓣梅花，深黄的磐口的臘梅花；雪下面還有冷綠的雜草．胡蝶確乎没有；蜜蜂是否來采山茶花和梅花的蜜，我可記不眞切了．但我的眼前仿佛看見冬花開在雪野中，有許多蜜蜂們忙碌地飛着，也聽得他們嗡嗡地鬧着．

孩子們呵着凍得通紅，像紫芽薑一般的小手，七八個一齊來塑雪羅漢．因爲不成功，誰的父親也來幫忙了．羅漢就塑得比孩子們高得多，雖然不過是上小下大的一堆，終於分不清是壺盧還是羅漢；然而很潔白，很明艷，以自身的滋潤相粘結，整個地閃閃地生光．孩子們用龍眼核給他做眼珠，又從誰的母親的脂粉奩中偷得胭脂來塗在嘴脣上．这回確是一個大阿羅漢了．他也就目光灼灼地嘴脣通紅地坐在

눈

남방의 비는 본래 차갑고 단단하며 찬란한 눈꽃으로 변하는 일이 없다. 박식한 사람들은 그것이 단조롭다고 여기지만 그것 자신도 불행해 하는지는 잘 모르겠다. 하지만 강남의 눈은 촉촉하고 아름답기 그지없다. 그것은 아직 희미한 청춘의 소식이며 지극히 건강한 처녀의 살결이다. 눈 덮인 벌판에는 핏빛의 동백꽃과 흰색 바탕에 푸른색이 비치는 외겹 매화꽃과 방울 모양의 샛노란 납매꽃이 있다. 눈 밑에는 또 파랗게 언 잡초가 있다. 나비는 확실히 없었고 꿀벌이 동백꽃과 매화꽃의 꿀을 따러 왔는지는 기억이 잘 안 난다. 그래도 겨울꽃이 눈 덮인 벌판에 피어 있고 수많은 벌들이 날아다니는 광경이 눈앞에 보이는 듯하고 시끄럽게 윙윙대는 소리도 들리는 듯하다.

아이들은 새빨갛게 언, 자주색 생강 같은 고사리손을 호호 불며 일고여덟 명이 함께 눈사람을 만들었다. 잘 안 되면 누군가의 아버지도 와서 거들었다. 눈사람은 아이들보다 키가 훨씬 컸다. 위가 작고 아래는 커서 조

雪地裏.

第二天還有幾個孩子來訪問他；對了他拍手，點頭，嘻笑. 但他終於獨自坐着了. 晴天又來消釋他的皮膚，寒夜又使他結一層冰，化作不透明的模樣；連續的晴天又使他成爲不知道算什麼，而嘴上的臙脂也褪盡了.

但是，朔方的雪花在紛飛之後，却永遠如粉，如沙，他們決不粘連，撒在屋上，地上，枯草上，就是这樣. 屋上的雪是早已就有消化了的，因爲屋裏居人的火的溫熱. 別的，在晴天之下，旋風忽來，便蓬勃地奮飛，在日光中燦燦地生光，如包藏火焰的大霧，旋轉而且升騰，彌漫太空；使太空旋轉而且升騰地閃爍. 在無邊的曠野上，在凜冽的天宇下，閃閃地旋轉升騰着的是雨的精魂……

是的，那是孤獨的雪，是死掉的雨，是雨的精魂.

一九二五年一月十八日.

롱박인지 눈사람인지 분간이 잘 안 되기는 했지만 아름답고 하얬으며 수분이 엉겨 반짝반짝 빛을 발했다. 아이들은 용안 씨로 눈을 만들어주었고 또 누구 엄마의 화장함에서 연지를 훔쳐다가 입술도 발라주었다. 그러면 커다란 눈사람이 완성되었다. 그는 번쩍이는 눈과 빨간 입술을 하고 눈밭에 앉아 있었다.

이튿날 아이 몇 명이 또 그를 찾아와 손뼉을 치고, 고개를 끄덕이고, 낄낄거렸다. 하지만 그는 결국 홀로 앉아 있었다. 맑은 날에는 살이 녹고 추운 밤에는 다시 얼음이 끼어 불투명해졌다. 맑은 날이 계속되면 뭐라고 해야 할지 모르는 모습이 되었으며 입술의 연지도 다 벗겨졌다.

하지만 북방의 눈송이는 펄펄 날리고도 꼭 분가루나 모래처럼 절대 엉기는 일이 없다. 지붕 위든 땅 위든 마른 풀 위든, 어디에 떨어져도 다 그렇다. 지붕 위의 눈은 집 안에서 때는 불의 열기로 진작에 녹아 버린다. 다른 눈은 맑은 하늘 아래 갑자기 회오리바람이 불면 힘차게 날리면서 햇빛 속에 눈부시게 빛난다. 마치 불꽃을 품은 거대한 안개처럼 맴돌며 솟아올라 하늘 가득 퍼진다. 그러면 하늘도 맴돌며 솟아올라 반짝거린다.

끝없는 광야 위에서, 혹한의 하늘 아래에서 반짝이며

맴돌고 솟아오르는 비의 영혼…….

그렇다, 그것은 고독의 눈이고 죽은 비이며 비의 영혼
이다.

1925년 1월 18일

風箏

北京的冬季, 地上還有積雪, 灰黑色的禿樹枝丫叉
於晴朗的天空中, 而遠處有一二風箏浮動, 在我是
一種驚異和悲哀.

故鄉的風箏時節, 是春二月, 倘聽到沙沙的風輪聲,
仰頭便能看見一個淡墨色的蟹風箏或嫩藍色的蜈
蚣風箏. 還有寂寞的瓦片風箏, 沒有風輪, 又放得很
低, 伶仃地顯出憔悴可憐的模樣. 但此時地上的楊
柳已經發芽, 早的山桃也多吐蕾, 和孩子們的天上
的點綴相照應, 打成一片春日的溫和. 我現在在哪
裏呢? 四面都還是嚴冬的肅殺, 而久經訣別的故鄉
的久經逝去的春天, 却就在这天空中蕩漾了.

但我是向來不愛放風箏的, 不但不愛, 幷且嫌惡他,
因為我以為这是沒出息孩子所做的玩藝. 和我相反
的是我的小兄弟, 他那時大概十歲內外罷, 多病, 瘦
得不堪, 然而最喜歡風箏, 自己買不起, 我又不許
放, 他只得張着小嘴, 呆看着空中出神, 有時至於小
半日. 遠處的蟹風箏突然落下來了, 他驚呼; 兩個瓦

연

베이징의 겨울, 땅 위에는 아직 눈이 쌓였고 벌거벗은 나뭇가지가 맑은 하늘 속에 갈라져 뻗어 있다. 먼 곳에 하나둘 둥둥 떠 있는 연은 나에게는 어떤 슬픔과 경이로움이다.

고향의 연 날리는 철은 음력 이월이었다. 드르륵드르륵 얼레 돌리는 소리가 들려 고개를 들면 엷은 먹물색 게연이거나 연파란색 지네연이었다. 그리고 쓸쓸한 기와연은 얼레도 없이 낮게 떠서 초췌하고 가여워 보였다. 그런데 이때 땅에서는 버드나무가 벌써 싹이 나고 개복숭아나무도 꽃봉오리를 터뜨려서 아이들의 그 하늘 장식과 함께 봄날의 따사로움을 이루었다. 나는 지금 어디에 있는가? 사방이 아직 스산한 한겨울이다. 그런데 오래전에 떠나온 고향의 오래전에 지나간 봄이 저 하늘에 넘실대고 있다.

하지만 나는 원래 연날리기를 안 좋아했다. 안 좋아했을 뿐만 아니라 싫어했다. 못된 아이들의 장난이라 여겼기 때문이다. 내 어린 동생은 나와 정반대였다. 그때

片風箏的纏繞解開了，他高興得跳躍. 他的这些, 在我看來都是笑柄, 可鄙的.

有一天, 我忽然想起, 似乎多日不很看見他了, 但記得曾見他在後園拾枯竹. 我恍然大悟似的, 便跑向少有人去的一間堆積雜物的小屋去, 推開門, 果然就在塵封的雜物堆中發現了他. 他向着大方凳, 坐在小凳上; 便很驚惶地站了起來, 失了色瑟縮着. 大方凳旁靠着一個胡蝶風箏的竹骨, 還沒有糊上紙, 凳上是一對做眼睛用的小風輪, 正用紅紙條裝飾着, 將要完工了. 我在破獲秘密的滿足中, 又很憤怒他的瞞了我的眼睛, 这樣苦心孤詣地來偷做没出息孩子的玩藝. 我即刻伸手抓斷了胡蝶的一支翅骨, 又將風輪擲在地下, 踏扁了. 論長幼, 論力氣, 他是都敵不過我的, 我當然得到完全的勝利, 於是傲然走出, 留他絕望地站在小屋裏. 後來他怎樣, 我不知道, 也没有留心.

然而我的懲罰終於輪到了, 在我們離別得很久之後, 我已經是中年. 我不幸偶而看了一本外國的講論兒童的書, 才知道游戲是兒童最正當的行爲, 玩具是兒童的天使. 於是二十年來毫不憶及的幼小時候對於精神的虐殺的这一幕, 忽地在眼前展開, 而我的

열 살 안팎이던 그 애는 걸핏하면 아프고 몹시 야위었다. 연을 무척이나 좋아하는데도 살 돈이 없고 나도 연을 못 날리게 해서 작은 입을 헤벌리고 멍하니 하늘만 바라보았다. 때로는 반나절이나 그러고 있었다. 멀리서 게연이 갑자기 아래로 떨어지면 그 애는 놀라 소리를 질렀다. 기와연 두 개가 얽혔다 떨어지면 기뻐서 팔짝팔짝 뛰었다. 그 애가 그러는 게 나는 우습고 한심해 보였다. 어느 날 문득 여러 날 그 애를 못 본 것을 깨달았다. 며칠 전 그 애가 뒤뜰에서 마른 대나무를 줍고 있던 것이 떠올랐고 뭔가 짚이는 게 있어서 사람들이 잘 안 가는, 잡동사니를 쌓아놓은 헛간으로 달려갔다. 문을 열어보니 아니나다를까 먼지 쌓인 물건 더미 속에 그 애가 있었다. 그 애는 큰 걸상을 앞에 두고 작은 걸상에 앉아 있다가 깜짝 놀라 벌떡 일어섰다. 새파랗게 질린 채 몸을 움츠리고 있었다. 큰 걸상 옆에 아직 종이를 안 붙인 나비연의 대나무 살이 세워져 있었다. 또 그 걸상 위에는 연의 눈이 될 작은 얼레 한 쌍이 놓여 있었다. 막 붉은 종이로 장식을 하던 참이라 금세 완성될 것 같았다. 나는 비밀을 캐냈다는 만족감을 느끼는 동시에 그 애가 애써 내 눈을 피해 못된 아이들의 장난감을 만들고 있었던 것에 화가 났다. 당장 나비연의 한쪽 날개를 부러

心也仿佛同時變了鉛塊, 很重很重的墮下去了.

但心又不竟墮下去而至於斷絕, 他只是很重很重地墮着, 墮着.

我也知道補過的方法的: 送他風箏, 贊成他放, 劝他放, 我和他一同放. 我們嚷着, 跑着, 笑着. ——然而他其時已經和我一樣, 早已有了鬍子了.

我也知道還有一個補過的方法的: 去討他的寬恕, 等他說, "我可是毫不怪你啊." 那麼, 我的心一定就輕鬆了, 這確是一個可行的方法. 有一回, 我們會面的時候, 是臉上都已添刻了許多"生"的辛苦的條紋, 而我的心很沈重. 我們漸漸談起兒時的舊事來, 我便叙述到這一節, 自說少年時代的胡塗. "我可是毫不怪你啊." 我想, 他要說了, 我即刻便受了寬恕, 我的心從此也寬鬆了吧.

"有過这樣的事嗎?" 他警異地笑着說, 就像旁聽着別人的故事一樣. 他什麼也不記得了.

全然忘却, 毫無怨恨, 又有什麼寬恕之可言呢? 無怨的恕, 說謊罷了.

我還能希求什麼呢? 我的心只得沈重着.

現在, 故鄉的春天又在这異地的空中了, 既給我久經逝去的兒時的回憶, 而一幷也帶着無可把握的悲

72

뜨리고 얼레도 내동댕이쳐 짓밟아버렸다. 나이로나 힘으로나 그 애는 내 상대가 아니었다. 당연히 나는 완벽한 승리를 거뒀고 절망스러워하는 그 애를 남겨둔 채 의기양양하게 헛간을 나섰다. 그러고 나서 그 애가 어땠는지는 몰랐고 관심도 없었다.

그런데 결국 내가 벌을 받을 차례가 되었다. 우리가 헤어진 지 오랜 세월이 흘러 나는 어느새 중년이 되었으며 불행히도 아이들에 관한 외국책을 보고서야 놀이가 아이들의 가장 정당한 행위이고 장난감은 아이들의 천사라는 것을 알았다. 이십 년 동안 떠올려본 적도 없는, 어린 시절의 그 정신적 학살의 장면이 불현듯 눈앞에 펼쳐졌다. 순간 내 마음은 납덩이로 변한 듯 무겁게, 무겁게 가라앉았다.

그런데 마음이 끝도 없이 가라앉는 게 아닌가. 그저 무겁게, 무겁게 가라앉기만 했다.

잘못을 만회할 방법을 알고는 있었다. 동생에게 연을 주고, 날려도 된다고 하고, 날려보라고 하고, 같이 날리는 것이었다. 함께 소리 지르고, 내달리고, 웃으면서 말이다. 하지만 그때는 동생도 나처럼 수염이 난 지 오래였다.

또 다른 방법도 있었다. 그에게 용서를 빌고서 "저는 형님을 조금도 원망하지 않아요."라고 말해주길 기다리는

哀. 我倒不如躲到肅殺的嚴冬中去罷, ——但是, 四面又明明是嚴冬, 正給我非常的寒威和冷氣.

一九二五年一月二十四日.

것이었다. 그러면 내 마음은 분명 홀가분해질 테니 확실히 쓸 만한 방법이었다. 그러다가 우리가 만났을 때 우리의 얼굴에는 '삶'의 쓰라린 줄무늬가 더 패어 있어서 나는 마음이 무거웠다. 차차 어렸을 적 이야기가 나왔을 때 나는 그 일을 거론하며 내 소년 시절의 어리석음을 자백했다. "저는 형님을 조금도 원망하지 않아요." 라고 그가 말해줄 줄 알았다. 그렇게 바로 용서를 받고 마음이 홀가분해질 줄 알았다.

"그런 일이 있었나요?"라고 그는 놀라며 웃으면서 말했다. 마치 남의 이야기를 들은 것처럼 보였다. 그는 아무것도 기억하지 못했다.

완전히 잊어버려 아무 원망도 없는데 무슨 용서의 말을 하겠는가. 원망 없는 용서는 거짓일 뿐이다.

더 바랄 수 있는 게 없었다. 내 마음은 무겁기만 했다.

지금, 고향의 봄이 또 이 타향의 하늘에 나타나 오래된 그 어린 시절의 추억이 떠오르고 알 수 없는 슬픔이 함께 밀려든다. 나는 차라리 이 스산한 한겨울 속에 숨는 게 낫겠다. …… 하지만 사방은 또 틀림없는 한겨울이라 내게 매서운 추위와 냉기를 가져다준다.

1925년 1월 24일

好的故事

燈火漸漸地縮小了，在豫告石油的已經不多；石油
又不是老牌，早熏得燈罩很昏暗．鞭爆的繁響在四
近，煙草的煙霧在身邊：是昏沈的夜．

我閉了眼睛，向後一仰，靠在椅背上；捏着《初學記》
的手擱在膝髁上．

我在蒙朧中，看見一個好的故事．

這故事很美麗，幽雅，有趣．許多美的人和美的事，
錯綜起來像一天雲錦，而且萬顆奔星似的飛動着，
同時又展開去，以至於無窮．

我仿佛記得坐小船經過山陰道，兩岸邊的烏桕，新
禾，野花，鷄，狗，叢樹和枯樹，茅屋，塔，伽藍，農
夫和村婦，村女，曬着的衣裳，和尚，蓑笠，天，雲，
竹，……都倒影在澄碧的小河中，隨着每一打槳，各
各夾帶了閃爍的日光，幷水裏的萍藻游魚，一同蕩
漾．諸影諸物，無不解散，而且搖動，擴大，互相融
和；剛一融和，却又退縮，復近於原形．邊緣都參差
如夏雲頭，鑲着日光，發出水銀色焰．凡是我所經過

76

아름다운 이야기

등불이 점점 잦아들어 석유가 얼마 안 남은 것을 알려
주고 있다. 석유가 안 좋아서 벌써 등갓이 그을려 매우
침침하다. 폭죽 소리가 사방에서 울리고 담배 연기가
주변에 자욱한 흐리멍덩한 밤이다.

눈을 감고서 몸을 뒤로 젖혀 의자 등받이에 기댔다.《초
학기初學記》²를 든 손은 무릎 위에 놓았다.

몽롱한 가운데 나는 아름다운 이야기를 보았다.

그 이야기는 아름답고 우아하며 흥미로웠다. 수많은 아
름다운 사람들과 아름다운 일들이 하늘 가득한 비단 구
름처럼 교차하고 수만 개의 유성처럼 약동하며 끝없이
퍼져나갔다.

나는 조각배를 타고 산음도山陰道³를 지나갔던 것 같다.
양쪽 강기슭의 오구나무, 새로 심은 벼, 들꽃, 닭, 개, 숲
과 고목, 초가집, 탑, 절, 농부와 마을 아주머니, 마을 아
가씨, 널어놓은 빨래, 스님, 도롱이, 하늘, 구름, 대나무
등이 다 맑고 푸른 강물에 거꾸로 비쳤고 노를 저을 때
마다 각기 반짝이는 햇빛과 어우러졌으며 물속의 수초

的河, 都是如此.

我所見的故事也如此. 水中的青天的底子, 一切事物統在上面交錯, 織成一篇, 永是生動, 永是展開, 我看不見這一篇的結束.

河邊枯柳樹下的幾株瘦削的一丈紅, 該是村女種的罷. 大紅花和斑紅花, 都在水裏面浮動, 忽而碎散, 拉長了, 如縷縷的臙脂水, 然而沒有暈. 茅屋, 狗, 塔, 村女, 雲, ……也都浮動着. 大紅花一朵朵全被拉長了, 這時是潑剌奔迸的紅錦帶. 帶織入狗中, 狗織入白雲中, 白雲織入村女中……在一瞬間, 他們又將退縮了. 但斑紅花影也已碎散, 伸長, 就要織進塔, 村女, 狗, 茅屋, 雲裏去.

我所見的故事清楚起來了, 美麗, 幽雅, 有趣, 而且分明. 青天上面, 有無數美的人和美的事, 我一一看見, 一一知道.

我就要凝視他們…….

我正要凝視他們時, 驟然一警, 睜開眼, 雲錦也已皺蹙, 凌亂, 仿佛有誰擲一塊大石下河水中, 水波陡然起立, 將整篇的影子撕成片片了. 我無意識地趕忙捏住幾乎墜地的《初學記》, 眼前還剩着幾點虹霓色的碎影.

78

와 물고기도 함께 넘실거렸다. 여러 그림자와 물체가 하나같이 흩어지고, 흔들리고, 확대되고, 서로 어우러졌으며 막 어우러졌다가 다시 움츠러들어 본모습에 가까워졌다. 가장자리는 전부 여름 구름처럼 들쑥날쑥하고 햇빛으로 테를 둘렀으며 은백색 불꽃을 발했다. 무릇 내가 지나쳐본 강은 모두 그랬다.

지금 내가 본 이야기도 그랬다. 물속에서 파란 하늘이 바닥을 이루고 그 위에서 모든 사물이 교차해 한 편의 이야기를 이뤘다. 영원히 생동하고 영원히 펼쳐져서 나는 그 이야기의 끝을 볼 수 없었다.

강가의 시든 버드나무 아래 있는 몇 포기 앙상한 접시꽃은 분명 마을 아가씨가 심었을 것이다. 큼지막한 붉은 꽃과 알록달록 붉은 꽃이 물속에서 흔들리다가 갑자기 흩어졌다 길게 늘어나서 잇달아 연지색 물결이 되었지만 어지럽게 번지지는 않았다. 초가집, 개, 탑, 마을 아가씨 등도 모두 흔들거렸다. 큼지막한 붉은 꽃들이 송이송이 길게 늘어나서 이번에는 텀벙텀벙 솟구치는 붉은 비단 띠가 되었다. 그 띠는 개 속에 뒤엉키고, 개는 흰 구름 속에 뒤엉키고, 흰 구름은 마을 아가씨 속에 뒤엉켰다……. 순간적으로 그것들은 또 움츠러들었다. 하지만 알록달록 붉은 꽃의 그림자는 또 흩어졌다가 늘어나서

我真愛这一篇好的故事，趁碎影還在，我要追回他，完成他，留下他．我拋了書，欠身伸手去取筆，——何嘗有一絲碎影，只見昏暗的燈光，我不在小船裏了．

但我總記得見過這一篇好的故事，在昏沈的夜……

一九二五年一月二十八日．

탑과 마을 아가씨와 초가집과 구름 속에 뒤엉키려 했다. 지금 내가 본 이야기가 또렷해지기 시작했다. 아름답고 우아하며 흥미로운데다 분명했다. 파란 하늘 위의 수많은 아름다운 사람들과 아름다운 일들을 나는 일일이 보았고 일일이 알았다.

그것들을 똑바로 보려 했다…….

그것들을 똑바로 보려는 순간, 갑자기 깜짝 놀라 눈을 떴다. 비단 구름도 어느새 주름지고 흐트러졌으며 누가 강물에 큰 돌을 던진 것처럼 갑자기 물결이 치면서 이야기 속 모든 그림자가 산산조각이 났다. 나는 바닥에 떨어지려는 《초학기》를 무의식중에 얼른 잡았다. 무지개색의 깨진 그림자 몇 점이 아직 눈앞에 남아 있었다. 나는 그 아름다운 이야기가 정말 소중했다. 깨진 그림자가 아직 남아 있는 틈을 타 그것을 찾아오고, 완성하고, 남겨놓으려 했다. 책을 내던지고 몸을 일으켜 붓을 들었지만…… 깨진 그림자는 어디론가 가버리고 침침한 등잔불만 보였으며 나는 조각배 위에 있지 않았다.

하지만 그 아름다운 이야기를 봤던 일이 계속 생각난다. 그 흐리멍덩했던 밤에…….

1925년 1월 28일

死火

我夢見自己在冰山間奔馳.

這是高大的冰山,上接冰天,天上凍雲彌漫,片片如魚鱗模樣.山麓有冰樹林,枝葉都如松杉.一切冰冷,一切青白.

但我忽然墜在冰谷中.

上下四旁無不冰冷,青白.而一切青白冰上,却有紅影無數,糾結如珊瑚網.我俯看脚下,有火焰在.

這是死火.有炎炎的形,但毫不搖動,全體冰結,像珊瑚枝;尖端還有凝固的黑煙,疑这才從火宅中出,所以枯焦.这樣,映在冰的四壁,而且互相反映,化爲無量數影,使这冰谷,成紅珊瑚色.

哈哈!

當我幼小的時候,本就愛看快艇激起的浪花,洪爐噴出的烈焰.不但愛看,還想看清.可惜他們都息息變幻,永無定形.雖然凝視又凝視,總不留下怎樣一定的迹象.

死的火焰,現在得到了你了!

죽은 불

꿈에 얼음산 사이를 뛰어다녔다.

그것은 거대한 얼음산이었다. 위로 차디찬 하늘에 닿아 있고 하늘에는 고기 비늘 모양의 조각조각 얼어붙은 구름이 가득했다. 산기슭에는 가지와 잎이 소나무와 삼나무 같은, 얼어붙은 나무들의 숲이 있었으며 모든 것이 차갑고 창백했다.

그런데 느닷없이 얼음 골짜기 속으로 떨어졌다.

사방팔방이 다 차갑고 창백했다. 창백한 얼음 위에는 무수한 붉은 그림자가 산호 그물처럼 얽혀 있었다. 발밑을 내려다보니 거기에는 불꽃이 있었다.

그것은 죽은 불이었다. 이글대는 형상이었지만 흔들림 없이 고스란히 산호 가지처럼 얼어 있었다. 끄트머리에는 검은 연기도 응고되어 있어서 고통스러운 인간 세상을 태우던 불이 아닌가 싶었다. 그렇게 불은 사방의 얼음벽을 비추고 서로 되비치며 헤아릴 수 없이 많은 그림자로 변해 그 얼음 골짜기를 붉은 산호색으로 물들였다.

我拾起死火，正要細看，那冷氣已使我的指頭焦灼；但是，我還熬着，將他塞入衣袋中間，登時完全青白。我一面思索着走出冰谷的法子。

我的身上噴出一縷黑煙，上升如鐵線蛇。冰谷四面，又登時滿有紅焰流動，如大火聚，將我包圍。我低頭一看，死火已經燃燒，燒穿了我的衣裳，流在冰地上了。

"唉，朋友！你用了你的溫熱，將我驚醒了。"他說。

我連忙和他招呼，問他名姓。

"我原先被人遺棄在冰谷中，"他答非所問地說，"遺棄我的早已滅亡，消盡了。我也被冰凍得要死。倘使你不給我溫熱，使我重行燒起，我不久就須滅亡。"

"你的醒來，使我歡喜。我正在想着走出冰谷的方法；我願意携帶你去，使你永不冰結，永得燃燒。"

"唉唉！那麼，我將燒完！"

"你的燒完，使我惋惜。我便將你留下，仍在这裏罷。"

"唉唉！那麼，我將凍滅了！"

"那麼，怎麼辦呢？"

"但你自己，又怎麼辦呢？"他反而問。

"我說過了：我要出这冰谷……。"

하하!

본래 나는 어릴 적에 쾌속선이 일으키는 물보라와 큰 용광로가 내뿜는 불길을 구경하는 것을 좋아했고 또 똑똑히 보고 싶어 했다. 아쉽게도 그것들은 다 시시각각 변하여 고정된 모습이 없었다. 똑바로 보고 또 봐도 일정한 흔적이 남지 않았다.

죽은 불꽃이여, 이제 너를 얻었구나!

죽은 불을 주워 막 살피려는데 그 냉기가 어느새 내 손가락을 태웠다. 그래도 참으면서 그것을 호주머니에 쑤셔 넣었다. 얼음 계곡 사방이 삽시간에 다 창백해졌다. 나는 한편으로 어떻게 얼음 계곡을 빠져나갈지 궁리하고 있었다.

내 몸에서 한 줄기 검은 연기가 뿜어져 나와 뱀처럼 솟아올랐다. 얼음 계곡 전체에 다시 삽시간에 붉은 불꽃이 흘러넘치면서 불바다처럼 나를 포위했다. 고개 숙여 보니 죽은 불이 어느새 내 옷을 태우고 나와서 얼음 바닥 위를 흐르고 있었다.

"아, 친구여! 당신의 온기가 나를 깨워주었습니다."라고 그가 말했다.

나는 얼른 그에게 인사하고 이름을 물었다.

그는 대답 대신 "나는 본래 사람들에 의해 이 얼음 계곡

"那我就不如燒完!"

他忽而躍起,如紅彗星,幷我都出冰谷口外. 有大石車突然馳來,我終於碾死在車輪底下,但我還來得及看見那車就墜入冰谷中.

"哈哈! 你們是再也遇不着死火了!"我得意地笑着說,仿佛就願意这樣似的.

一九二五年四月二十三日.

에 버려졌습니다."라고 말했다. "나를 버린 사람들은 진작에 멸망하고 다 사라졌습니다. 나도 꽁꽁 얼어 죽을 뻔했죠. 당신이 온기를 줘서 다시 타오르게 해주지 않았다면 나는 얼마 안 가 멸망했을 겁니다."

"당신이 깨어나서 기쁩니다. 나는 이 얼음 계곡을 빠져나가려고 궁리 중입니다. 당신을 데리고 나가 영원히 얼지 않고 영원히 타오르게 해주고 싶군요."

"아아, 그러면 나는 다 타버릴 겁니다!"

"당신이 다 타버리는 건 애석한 일이지요. 여기에 계속 남겨두겠습니다."

"아아, 그러면 나는 얼어서 멸망할 겁니다!"

"그러면 어떻게 해야 하죠?"

"그런데 당신은 또 어떻게 할 거죠?" 그가 거꾸로 물었다.

"말하지 않았습니까, 이 얼음 계곡을 빠져나가겠다고……."

"그러면 차라리 다 타버리겠습니다!"

그가 갑자기 펄쩍 뛰어 붉은 혜성처럼 나와 함께 얼음 계곡 입구 밖으로 나갔다. 느닷없이 거대한 돌수레가 달려와 나는 결국 그 수레바퀴에 깔려 죽었다. 하지만 죽기 전에 그 돌수레가 얼음 계곡 속으로 추락하는 것을 보았다.

"하하, 너희는 다시는 죽은 불을 만날 수 없게 됐군!"

나는 마치 그러기를 바랐던 것처럼 의기양양하게 웃으며 말했다.

1925년 4월 23일

狗的駁詰

我夢見自己在隘巷中行走, 衣履破碎, 像乞食者.

一條狗在背後叫起來了.

我傲慢地回顧, 叱咤說:

"哈! 住口! 你這勢利的狗!"

"嘻嘻!"他笑了, 還接着說, "不敢, 愧不如人呢."

"什麼!?"我氣憤了, 覺得這是一個極端的侮辱.

"我慚愧: 我終於還不知道分別銅和銀; 還不知道分別布和綢; 還不知道分別官和民; 還不知道分別主和奴; 還不知道⋯⋯"

我逃走了. "且慢! 我們再談談⋯⋯"他在後面大聲挽留.

我一徑逃走, 盡力地走, 直到逃出夢境, 躺在自己的床上.

一九二五年四月二十三日

개의 질책

꿈에 좁은 골목을 걷고 있었다. 거지처럼 옷이 남루했다.

개 한 마리가 뒤에서 짖어댔다.

나는 거만하게 돌아보며 크게 꾸짖었다.

"닥쳐, 가진 자에게만 알랑대는 개 같으니!"

"헤헤!" 그는 웃고서 이어 말했다. "천만에, 부끄럽게도 사람보다는 못하다고."

"뭐야?" 나는 화가 났다. 극단적인 모욕이라고 느꼈다.

"부끄럽게도 난 아직 구리와 은도 구분할 줄 모르고, 무명과 비단도 구분할 줄 모르고, 관리와 백성도 구분할 줄 모르고, 주인과 종도 구분할 줄 모르고, 또……."

나는 도망쳤다.

"잠깐! 우리는 더 할 말이 있는데……." 그는 뒤에서 큰 소리로 나를 붙잡았다.

나는 곧장 도망쳤고 있는 힘껏 뛰어 꿈속을 빠져나오니 내 침대 위였다.

1925년 4월 23일

失掉的好地獄

我夢見自己躺在床上，在荒寒的野外，地獄的旁邊．一切鬼魂們的叫喚無不低微，然有秩序，與火焰的怒吼，油的沸騰，鋼叉的震顫相和鳴，造成醉心的大樂，布告三界：地下太平．

有一偉大的男子站在我面前，美麗，慈悲，遍身有大光輝，然而我知道他是魔鬼．

"一切都已完結，一切都已完結！可憐的鬼魂們將那好的地獄失掉了！"他悲憤地說，於是坐下，講給我一個他所知道的故事——

"天地作蜂蜜色的時候，就是魔鬼戰勝天神，掌握了主宰一切的大威權的時候．他收得天國，收得人間，也收得地獄．他於是親臨地獄，坐在中央，遍身發大光輝，照見一切鬼眾．"

"地獄原已廢弛得很久了：劍樹消却光芒；沸油的邊際早不騰涌；大火聚有時不過冒些青煙，遠處還萌生曼陀羅花，花極細小，慘白可憐．——那是不足為奇的，因為地上曾經大被焚燒，自然失了他的肥沃．

잃어버린 좋은 지옥

꿈에 침대 위에 누워 있었다. 그곳은 지옥 근처의 황량하고 추운 바깥이었다. 영혼들의 울음소리는 하나같이 나지막했다. 하지만 불꽃의 성난 외침과 기름 끓는 소리와 떨리는 쇠갈퀴의 울림과 어우러져 거대하고 매혹적인 선율을 이루며 삼계三界에 고했다. 지하는 태평하다고.

어느 위대한 남자가 내 앞에 섰다. 아름답고 자비로우며 온몸에서 빛이 났다. 하지만 나는 그가 마귀라는 것을 알았다.

"모든 게 끝났다, 모든 게 끝났어! 가엾은 영혼들은 그 좋았던 지옥을 잃고 말았다!" 그는 슬픔과 분노에 차 말하고는 주저앉아서 내게 자기가 아는 이야기를 들려주었다.

"천지가 벌꿀색이었을 때 마귀는 신과 싸워 이겨 모든 것을 주재하는 대권을 손에 넣었다. 그는 천국과 인간 세상을 얻었고 지옥도 얻었다. 이에 친히 지옥에 와 한가운데 앉아서 온몸으로 빛을 발해 뭇 영혼들을 비추었다.

"鬼魂們在冷油溫火裏醒來, 從魔鬼的光輝中看見地獄小花, 慘白可憐, 被大蠱惑, 倏忽間記起人世, 默想至不知幾多年, 遂同時向着人間, 發一聲反獄的絕叫.

"人類便應聲而起, 仗義執言, 與魔鬼戰鬥. 戰聲遍滿三界, 遠過雷霆. 終於運大謀略, 布大網羅, 使魔鬼并且不得不從地獄出走. 最後的勝利, 是地獄門上也豎了人類的旌旗!

"當鬼魂們一齊歡呼時, 人類的整飭地獄使者已臨地獄, 坐在中央, 用了人類的威嚴, 叱咤一切鬼衆.

"當鬼魂們又發一聲反獄的絕叫時, 即已成爲人類的叛徒, 得到永劫沈淪的罰, 遷入劍樹林的中央.

"人類於是完全掌握了主宰地獄的大威權, 那威棱且在魔鬼以上. 人類於是整頓廢弛, 先給牛首阿旁以最高的俸草; 而且, 添薪加火, 磨礪刀山, 使地獄全體改觀, 一洗先前頹廢的氣象.

"曼陀羅花立即焦枯了. 油一樣沸; 刀一樣銛; 火一樣熱; 鬼衆一樣呻吟, 一樣宛轉, 至於都不暇記起失掉的好地獄.

"這是人類的成功, 是鬼魂的不幸……

"朋友, 你在猜疑我了. 是的, 你是人! 我且去尋野獸和惡鬼……."

　　　　　　　　　　　一九二五年六月二十二日.

94

본래 지옥은 기강이 풀어진 지 벌써 오래되었다. 칼 숲은 빛을 잃었고 끓는 기름의 가장자리는 진작부터 부글거리지 않았으며 불바다는 가끔씩 파란 연기를 피워 올릴 뿐이었다. 또 멀리서 만다라꽃이 피긴 했지만 작고 창백하며 가여웠다. …… 이상할 것은 없었다. 일찍이 지상에 큰불이 나 자연스레 비옥함을 잃은 탓이었다.

영혼들이 식은 기름과 미지근한 불 속에서 깨어나 마귀의 빛을 통해 지옥의 작고 창백하며 가여운 꽃을 보고 완전히 정신을 빼앗겼다. 그들은 불현듯 인간 세상이 떠올라 몇 년 동안인지도 모르게 조용히 생각에 잠겨 있다가 마침내 인간 세상을 향해 지옥에 반대하는 절규를 동시에 부르짖었다.

인간들은 즉시 호응하여 일어나 정의를 대변하며 마귀와 싸웠다. 싸우는 소리가 삼계에 꽉 차고 천둥소리보다 멀리 전해졌다. 인간들은 마침내 원대한 모략으로 거대한 그물을 펼쳐 마귀가 어쩔 수 없이 지옥을 떠나게 했다. 최후의 승리는 지옥문 위에 인간의 깃발을 세운 것이었다!

영혼들이 일제히 환호할 때 인간들의 단정한 사자가 어느새 지옥에 도착해 한가운데 앉아서 인간의 권위로 뭇 영혼들을 질타했다.

영혼들은 다시 지옥에 반대하는 절규를 부르짖었으며 그러자마자 인간의 반역자가 되어 영원한 몰락의 벌을 받고 칼 숲의 가운데로 옮겨졌다.

그래서 인간은 지옥을 주재하는 대권을 완전히 손에 넣었고 그 위세는 마귀를 능가했다. 그래서 인간은 풀어진 기강을 정비하면서 우선 지옥의 간수들에게 최고의 보수를 주었다. 그리고 장작을 보태 불길을 더하고 칼산의 날을 날카롭게 갈아서 지옥의 타락한 기상을 완전히 바뀌놓았다.

만다라꽃은 바로 시들었다. 기름은 예전처럼 끓어올랐고 불꽃도 예전처럼 뜨거워졌다. 뭇 영혼도 예전처럼 신음하고 예전처럼 몸부림치느라 잃어버린 좋은 지옥을 떠올릴 틈도 없어졌다.

그것은 인간의 성공이자 영혼의 불행이었다…….

친구여, 너는 나를 의심하고 있구나. 그래, 너도 인간이었지! 나는 차라리 야수와 악귀를 찾아 나서야겠다…….”

1925년 6월 22일

墓碣文

我夢見自己正和墓碣對立，讀着上面的刻辭．那墓碣似是沙石所制，剝落很多，又有苔蘚叢生，僅存有限的文句——

……於浩歌狂熱之際中寒；於天上看見深淵．於一切眼中看見無所有；於無所希望中得救．……

……有一游魂，化爲長蛇，口有毒牙．不以嚙人，自嚙其身，終以殞顛．……

……離開！……

我繞到碣後，才見孤墳，上無草木，且已頹壞．即從大闕口中，窺見死屍，胸腹俱破，中無心肝．而臉上却絕不顯哀樂之狀，但蒙蒙如煙然．

我在疑懼中不及回身，然而已看見墓碣陰面的殘存的文句——

……抉心自食，欲知本味．創痛酷烈，本味何能知？……

……痛定之後，徐徐食之．然其心已陳舊，本味又何由知？……

묘비문

꿈에 묘비와 마주서서 거기 새겨진 글을 읽었다. 그 묘비는 자갈돌로 만들었는지 벗겨진 데가 많았고 이끼도 무더기로 나서 남은 글귀가 별로 없었다.

…… 열정적으로 노래를 부를 때 오한증에 걸렸고 천국 같은 곳에서 깊은 수렁을 보았다. 눈에 보이는 모든 것에서 허무를 보았고 어떤 희망도 없는 곳에서 구원을 얻었다. ……

…… 어느 떠돌던 넋이 독니 달린 뱀이 되었다. 남은 물지 않고 자기 몸을 물어 끝내 숨을 거뒀다. ……

…… 가버려라! ……

묘비 뒤로 돌아갔을 때 외로운 무덤이 보였다. 위에 풀도 나무도 없는데다 이미 허물어져 있었다. 허물어진 큰 틈새로 시체를 살펴보니 문드러진 가슴과 배 속에는 심장도 간도 없었다. 그런데 얼굴은 슬프거나 기쁜 표정 없이 연기처럼 어슴푸레했다.

미심쩍고 두려워 돌아서지 못하다가 묘비 구석에 남은 글을 보고 말았다.

……答我. 否則, 離開!……

我就要離開. 而死尸已在墳中坐起, 口脣不動, 然而說——

"待我成塵時, 你將見我的微笑!"

我疾走, 不敢反顧, 生怕看見他的追隨.

一九二五年六月十七日.

…… 심장을 파내 먹어 그 본맛을 알려 했다. 하지만 상처의 아픔이 극심해서 어찌 본맛을 알 수 있었겠나? ……

…… 아픔이 가라앉고 나서 천천히 먹어보았다. 하지만 심장이 이미 묵어버려 또 어찌 본맛을 알 수 있었겠나? ……

…… 내게 답을 말해다오. 아니면 가버려라! ……

나는 가려고 했다. 그런데 시체가 어느새 무덤 속에서 일어나 앉아 입술도 안 움직이고 말을 했다.

"내가 먼지가 되었을 때 너는 내 미소를 보게 되리라!"

나는 달렸고 감히 돌아보지 못했다. 그가 쫓아오는 것을 볼까 두려웠다.

1925년 6월 17일

頹敗線的顫動

我夢見自己在做夢. 自身不知所在, 眼前却有一間在深夜中禁閉的小屋的內部, 但也看見屋上瓦松的茂密的森林.

板桌上的燈罩是新拭的, 照得屋子裏分外明亮. 在光明中, 在破榻上, 在初不相識的披毛的強悍的肉塊底下, 有瘦弱渺小的身軀, 爲飢餓, 苦痛, 警異, 羞辱, 歡欣而顫動. 弛緩, 然而尚且豐腴的皮膚光潤了; 青白的兩頰泛出輕紅, 如鉛上塗了臙脂水.

燈火也因驚懼而縮小了, 東方已經發白.

然而空中還彌漫地搖動着飢餓, 苦痛, 警異, 羞辱, 歡欣的波濤……

"媽!" 約略兩歲的女孩被門的開闔聲驚醒, 在草席圍着的屋角的地上叫起來了.

"還早哩, 再睡一會罷!" 她警惶地說.

"媽! 我餓, 肚子痛. 我們今天能有什麼吃的?"

"我們今天有吃的了. 等一會有賣燒餅的來, 媽就買給你." 她欣慰地更加緊捏着掌中的小銀片, 低微的

102

쇠약한 선의 떨림

꿈속에서 꿈을 꾸고 있었다. 어디인지는 몰랐으나 눈앞은 깊은 밤, 꼭 닫힌 오두막 안이었는데 지붕 위를 빽빽이 덮은 바위솔 수풀도 보였다.

탁자 위의 등잔불은 등갓을 새로 닦아서 유난히 밝게 오두막 안을 비췄다. 빛 속에서, 낡은 침대 위에서, 전에 만난 적도 없는 우악스러운 털북숭이 고깃덩이 아래에서 작고 야윈 육체가 굶주림과 아픔과 놀라움과 수치와 환희로 떨고 있었다. 느슨해지긴 했어도 아직 풍만한 피부에는 윤기가 돌았고 창백한 두 뺨은 납에 연지를 바른 듯 엷은 홍조를 띠었다.

등잔불도 두려워 움츠러들었고 벌써 동이 트고 있었다. 그런데 공중에서도 굶주림과 아픔과 놀라움과 수치와 환희의 파도가 요동을 쳤다……

"엄마!"

문 여닫는 소리에 잠이 깬 두 살배기 여자애가 거적으로 에워싼 방구석에서 소리쳤다.

"아직 이르니 더 자!"

聲音悲涼地發抖, 走近屋角去一看她的女兒, 移開草席, 抱起来放在破榻上.

"還早哩, 再睡一會罷." 她說着, 同時抬起眼睛, 無可告訴地一看破舊的屋頂以上的天空.

空中突然另起了一個很大的波濤, 和先前的相撞擊, 回旋而成旋渦, 將一切并我盡行淹没, 口鼻都不能呼吸.

我呻吟着醒来, 窗外滿是如銀的月色, 離天明還很遼遠似的.

我自身不知所在, 眼前却有一間在深夜中禁閉的小屋的内部, 我自己知道是在續着殘夢. 可是夢的年代隔了許多年了. 屋的内外已經这樣整齊; 裏面是青年的夫妻, 一群小孩子, 都怨恨鄙夷地對着一个垂老的女人.

"我們没有臉見人, 就只因爲你," 男人氣忿地說. "你還以爲養大了她, 其實正是害苦了她, 倒不如小時候餓死的好!"

"使我委屈一世的就是你!" 女的說.

"還要帶累了我!" 男的說.

"還要帶累他們哩!" 女的說, 指着孩子們.

最小的一个正玩着一片乾蘆葉, 这時便向空中一揮,

그녀가 허둥대며 말했다.

"엄마, 배고파, 배가 아파. 우리 오늘 먹을 거 있어?"

"오늘은 먹을 게 있단다. 조금 있다 사오빙燒餅[4] 장수가 오면 엄마가 사다줄게." 그녀는 안심하며 수중의 은화를 더 꼭 쥐었다. 나지막한 목소리가 구슬프게 떨렸다. 그녀는 방구석에 다가가 딸을 살피고는 거적을 치우고 딸을 안아 침대 위에 눕혔다.

"아직 이르니 더 자."라고 말하면서 그녀는 눈을 들어 낡은 지붕 위의 하늘을 말없이 바라보았다.

공중에서 갑자기 거대한 파도가 일어 먼젓번의 파도와 부딪치더니 선회하여 소용돌이가 되었다. 그것에 나를 비롯한 모든 것이 잠겨 입으로도 코로도 숨을 쉴 수 없었다.

나는 신음하며 깨어났다. 창밖은 온통 은색 달빛이었다. 날이 새려면 아직 먼 듯했다.

어디인지는 몰랐으나 눈앞은 깊은 밤, 꼭 닫힌 오두막 안이었고 나는 남은 꿈을 이어서 꾸고 있다는 것을 알았다. 그런데 꿈의 시점은 여러 해가 지난 뒤였다. 오두막 안팎은 어느새 잘 정돈되어 있었다. 그리고 안에서는 젊은 부부와 아이들이 원망과 경멸의 표정을 하고 한 늙은 여인과 마주서 있었다.

仿佛一柄鋼刀, 大聲說道:

"殺!"

那垂老的女人口角正在痙攣, 登時一怔, 接着便都平靜, 不多時候, 她冷靜地, 骨立的石像似的站起来了. 她開開板門, 邁步在深夜中走出, 遺棄了背後一切的冷罵和毒笑.

她在深夜中盡走, 一直走到無邊的荒野; 四面都是荒野, 頭上只有高天, 幷無一個蟲鳥飛過. 她赤身露體地, 石像似的站在荒野的中央, 於一刹那間照見過往的一切: 飢餓, 苦痛, 驚異, 羞辱, 歡欣, 於是發抖; 害苦, 委屈, 帶累, 於是痙攣; 殺, 於是平靜. ⋯⋯又於一刹那間將一切幷合: 眷念與決絕, 愛撫與復仇, 養育與殲除, 祝福與呪詛⋯⋯. 她於是舉兩手盡量向天, 口脣間漏出人與獸的, 非人間所有, 所以無詞的言語.

當她說出無詞的言語時, 她那偉大如石像, 然而已經荒廢的, 頹敗的身軀的全面都顫動了. 這顫動點點如魚鱗, 每一鱗都起伏如沸水在烈火上; 空中也即刻一同振顫, 仿佛暴風雨中的荒海的波濤.

她於是抬起眼睛向着天空, 幷無詞的言語也沈默盡絕, 惟有顫動, 輻射若太陽光, 使空中的波濤立刻回

106

"우리가 남들 볼 면목이 없는 건 모두 장모님 때문이에요." 남자가 화를 내며 말했다.

"그래도 이 사람을 잘 키웠다고 생각하겠지만 사실은 괴롭힌 거라고요. 차라리 어려서 굶겨 죽이는 게 나았어요!"

"엄마 때문에 평생 억울하게 살았어!" 여자가 말했다.

"나한테도 덤터기를 씌웠어요!" 남자가 말했다.

"저 애들한테도!" 여자가 아이들을 가리키며 말했다.

마른 갈댓잎을 갖고 놀던 막내 아이가 순간 그것을 칼처럼 허공에 휘두르며 소리쳤다.

"죽여!"

늙은 여인의 입가에 경련이 일어났다. 그녀는 갑자기 얼이 빠졌고 이어서 바로 평온해졌다. 그리고 얼마 안 있어 조용히, 앙상한 석상처럼 일어서서 판자 문을 열고 깊은 밤 속으로 성큼성큼 걸어갔다. 차가운 욕설과 독한 웃음을 다 등 뒤에 버려둔 채.

그녀는 깊은 밤 속을 헤매다가 끝없는 황야에 닿았다. 사방이 다 황야였고 머리 위에는 드높은 하늘뿐, 벌레한 마리, 새 한 마리도 날아다니지 않았다. 그녀는 벌거벗은 채 석상처럼 황야 한가운데 서 있었고 찰나 간에 지나간 일들이 다 환히 떠올랐다. 굶주림과 아픔과 놀라움과 수치와 환희에 떨었고 괴롭힘과 억울함과 덤터

旋, 如遭颶風, 洶涌奔騰於無邊的荒野.

我夢魘了, 自己却知道是因爲將手擱在胸脯上了的緣故; 我夢中還用盡平生之力, 要將这十分沉重的手移開.

一九二五年六月二九日.

기에 경련이 일어났다. 죽이라고 하는 바람에 평온해졌다. …… 다시 찰나 간에 모든 게 합쳐졌다. 그리움과 결별, 애무와 복수, 양육과 상실, 축복과 저주……. 그리하여 그녀는 두 손을 들어 한껏 하늘을 향했다. 입술 사이로 인간과 짐승의, 인간 세상의 것이 아니어서 말이 없는 언어가 흘러나왔다.

말 없는 언어를 말하고 있을 때 석상처럼 위대하지만 이미 황폐하고 쇠약해진 그녀의 육신이 송두리째 떨렸다. 그 떨림은 하나하나 고기 비늘 같았고 그 고기 비늘은 하나하나 뜨거운 불 위의 물처럼 들끓었다. 허공도 즉각 폭풍우 속 거친 바다의 파도처럼 한꺼번에 떨렸다.

그리하여 그녀는 눈을 들어 하늘을 향했고 말 없는 언어도 침묵으로 다 끊겼다. 오로지 떨림만이 햇빛처럼 퍼져나가 공중의 파도를 태풍과 마주친 듯 소용돌이치며 끝없는 황야에 용솟음치게 했다.

나는 가위에 눌렸고 가슴에 손을 얹고 자서 그렇다는 것을 깨달았다. 꿈속에서도 젖 먹던 힘까지 다해 그 무겁디무거운 손을 치우려 했다.

1925년 6월 29일

立論

我夢見自己正在小學校的講堂上豫備作文, 向老師
請教立論的方法.

"難!"老師從眼鏡圈外斜射出眼光來, 看着我, 說.
"我告訴你一件事——

"一家人家生了一個男孩, 合家高興透頂了. 滿月的
時候, 抱出來給客人看, 大概自然是想得一點好兆
頭.

"一個說:'這孩子將來要發財的.'他於是得到一番
感謝.

"一個說:'這孩子將來要做官的.'他於是收回幾句
恭維.

"一個說:'這孩子將來是要死的.'他於是得到一頓
大家合力的痛打.

"說要死的必然, 說富貴的許謊. 但說謊的得好報,
說必然的遭打. 你……"

"我願意旣不說謊, 也不遭打. 那麼, 老師, 我得怎麼
說呢?"

의견

꿈에서 초등학교 수업 시간에 글쓰기를 배우고 있었다. 나는 의견을 어떻게 제시해야 하는지 선생님께 질문했다.

"어려운 일이지!" 선생님은 안경테 너머로 비스듬히 나를 보며 말했다. "한 가지 얘기를 해주마."

"어느 집에 남자아이가 태어나 온 집안이 몹시 기뻐했단다. 한 달이 되었을 때는 아기를 안고 나와 손님들에게 보여주었지. 당연히 좋은 얘기를 듣고 싶어서였을 거야.

누가 그랬단다. '이 아이는 나중에 부자가 될 겁니다.'라고. 그는 감사 인사를 받았지.

누가 그랬단다. '이 아이는 나중에 출세할 겁니다.'라고. 그는 답례로 칭찬을 몇 마디 들었지.

또 누가 그랬단다. '이 아이는 나중에 죽을 겁니다.'라고. 그는 모두에게 흠씬 두들겨 맞았지.

죽는다고 한 것은 필연을 말한 것이고 부귀해진다고 한 것은 아마도 거짓을 말한 거야. 하지만 거짓을 말한 사

"那麼, 你得說:'啊呀! 这孩子呵! 您瞧! 多麼…….
阿唷! 哈哈! Hehe! He, hehehehe!'"

一九二五年七月八日.

람은 좋은 답례를 받고 필연을 말한 사람은 매를 맞았지. 너는……."

"저는 거짓말도 싫고 맞는 것도 싫어요. 그러면 선생님, 저는 뭐라고 해야 하죠?"

"그러면 이렇게 말해야겠지. '야, 이 아이 좀 봐라! 정말…… 아유, 하하! 헤헤! 헤헤헤!'"

1925년 7월 8일

死後

我夢見自己死在道路上.

這是那裏, 我怎麼到这裏來, 怎麼死的, 这些事我全不明白. 總之, 待我自己知道已經死掉的時候, 就已經死在那裏了.

聽到幾聲喜鵲叫, 接着是一陣烏老鴉. 空氣很清爽, ——雖然也帶些土氣息, ——大約正當黎明時候罷. 我想睜開眼睛來, 他却絲毫也不動, 簡直不象是我的眼睛; 於是想抬手, 也一樣.

恐怖的利鏃忽然穿透我的心了. 在我生存時, 曾經玩笑地設想: 假使一個人的死亡, 只是運動神經的廢滅, 而知覺還在, 那就比全死了更可怕. 誰知道我的豫想竟的中了, 我自己就在證實这豫想.

聽到脚步聲, 走路的罷. 一輛獨輪車從我的頭邊推過, 大約是重載的, 軋軋地叫得人心煩, 還有些牙齒齼. 很覺得滿眼緋紅, 一定是太陽上來了. 那麼, 我的臉是朝東的. 但那都沒有什麼關係. 切切嚓嚓的人聲, 看熱鬧的. 他們踹起黃土來, 飛進我的鼻孔,

114

죽고 나서

꿈에서 나는 길거리에 죽어 있었다.

그곳이 어디이고 내가 왜 거기 갔으며 어떻게 죽었는지는 전혀 몰랐다. 어쨌든 내가 이미 죽은 것을 알았을 때는 이미 거기에 죽어 있었다.

까치 울음소리가 몇 번 들리더니 까마귀 울음소리가 한바탕 이어졌다. 흙냄새가 조금 나긴 해도 공기는 상쾌했다. 아마도 동틀 녘인 듯했다. 눈을 떠보려 했지만 꼼짝도 안 했다. 내 눈이 아닌 것 같았다. 손을 들어보려 했지만 역시 마찬가지였다.

두려움의 날카로운 화살촉이 돌연 가슴을 꿰뚫었다. 생전에 언젠가 장난스레 생각한 적이 있었다. 누가 죽었는데 운동신경만 못 쓰게 되고 지각은 계속 살아 있다면 완전히 죽는 것보다 더 무시무시할 것이라고. 그 예상이 적중하고 나 자신이 그 예상을 증명할 줄 누가 알았겠는가.

발소리가 들렸다. 행인인 것 같았다. 외발수레가 내 머리 옆을 지나갔다. 짐을 많이 실었는지 삐걱삐걱 소리를

使我想打噴嚏了，但終於沒有打，僅有想打的心．

陸陸續續地又是腳步聲，都到近旁就停下，還有更多的低語聲：看的人多起來了．我忽然很想聽聽他們的議論．但同時想，我生存時說的什麼批評不值一笑的話，大概是違心之論罷：才死，就露了破綻了．然而還是聽；然而畢竟得不到結論，歸納起來不過是這樣——

"死了……"

"嗡．——这……"

"哼！……"

"嘖．……唉！……"

我十分高興，因為始終沒有聽到一個熟識的聲音．否則，或者害得他們傷心；或則要使他們快意；或則要使他們添些飯後閑談的材料，多破費寶貴的工夫；這都會使我很抱歉．現在誰也看不見，就是誰也不受影響．好了，總算對得起人了！

但是，大約是一個馬蟻，在我的脊梁上爬着，癢癢的．我一點也不能動，已經沒有除去他的能力了；倘在平時，只將身子一扭，就能使他退避．而且，大腿上又爬着一個哩！你們是做什麼的？蟲豸！

事情可更壞了：嗡的一聲，就有一個青蠅停在我的

116

내서 몹시 귀찮고 이도 욱신거렸다. 눈이 온통 빨개진 느낌이었다. 해가 뜬 게 분명했다. 그렇다면 내 얼굴은 동쪽을 향해 있을 것이다. 하지만 그런 건 아무 상관없었다. 구경꾼들이 수군대는 소리가 들렸다. 그들이 일으킨 흙먼지가 콧속으로 날아들어 재채기를 하고 싶었다. 하지만 결국 하지는 않았다. 할 마음이 들었을 뿐이다. 발소리가 계속 이어졌고 모두 근처에서 멎었다. 수군대는 소리도 더 늘었다. 구경꾼이 많아진 것이다. 문득 그들이 무슨 소리를 하는지 듣고 싶어졌다. 동시에 내가 살아 있을 때 남의 비평은 하찮기 그지없다고 했던 것이 마음에도 없는 말이었다는 생각이 들었다. 죽자마자 허점이 드러난 것이다. 그래도 역시 들어보기는 했다. 하지만 끝내 결론은 못 얻었다. 정리해보면 이런 것들에 불과했다.

"죽었나?"

"허, 이것 참……."

"흥!"

"쯧쯧…… 아이고!"

무척 즐거웠다. 귀에 익은 목소리가 전혀 안 들렸기 때문이다. 안 그랬으면 그들을 슬프게 하거나, 기쁘게 하거나, 식후 잡담거리를 보태 귀중한 시간을 더 낭비하게

顴骨上，走了幾步，又一飛，開口便舐我的鼻尖．我懊惱地想：足下，我不是什麼偉人，你無須到我身上來尋做論的材料……．但是不能說出來．他却從鼻尖跑下，又用冷舌頭來舐我的嘴脣了，不知道可是表示親愛．還有幾個則聚在眉毛上，跨一步，我的毛根就一搖．實在使我煩厭得不堪，——不堪之至．

忽然，一陣風，一片東西從上面蓋下來，他們就一同飛開了，臨走時還說——

"惜哉！……"

我憤怒得幾乎昏厥過去．

木材摔在地上的鈍重的聲音同着地面的震動，使我忽然清醒，前額上感着蘆席的條紋．但那蘆席就被掀去了，又立刻感到了日光的灼熱．還聽得有人說——

"怎麼要死在这裏？……"

这聲音離我很近，他正彎着腰罷．但人應該死在那裏呢？我先前以爲人在地上雖没有任意生存的權利，却總有任意死掉的權利的．現在才知道幷不然，也很難適合人們的公意．可惜我久没了紙筆；即有也不能寫，而且即使寫了也没有地方發表了．只好就这樣抛開．

해서 미안한 생각이 들었을 것이다. 지금 누구도 나를 못 알아보았고 그래서 누구도 영향을 받지 않았다. 잘 되었다, 그나마 면목이 섰다!

그런데 개미 같은 게 내 등을 간질간질 기어가고 있었다. 꼼짝도 할 수가 없어서 놈을 치울 방법이 없었다. 평상시 같으면 살짝만 몸을 비틀어도 쫓아낼 수 있는데 말이다. 게다가 허벅지 위에도 한 마리가 있었다! 뭐하는 거냐, 이 버러지들아!

상황은 더 안 좋아졌다. 윙, 하는 소리와 함께 파리 한 마리가 내 광대뼈 위에 앉아 몇 걸음 움직이더니 다시 날아올라 내 코끝을 핥았다. 나는 괴로워하며 생각했다. 귀하, 나는 무슨 위인이 아니니 내 몸에서 굳이 글 쓸 자료를 찾을 필요까지는 없소……. 하지만 말이 안 나왔고 놈은 코끝에서 뛰어내려 이번에는 차가운 혀로 내 입술을 핥았다. 어떻게 사랑을 표현하는지 잘 모르는 것 같았다. 또 다른 몇 마리는 눈썹 위에 있었는데 걸음을 내디딜 때마다 모근이 흔들렸다. 정말 귀찮기 그지없었다. 갑자기 바람이 일며 뭔가가 위에서 내리덮였고 놈들은 일제히 날아올랐다. 그리고 떠나기 전에 말했다.

"아까워라!"

나는 화가 나서 거의 기절할 뻔했다.

有人來抬我，也不知道是誰．聽到刀鞘聲，還有巡警在這裏罷，在我所不應該"死在这裏"的这裏．我被翻了幾個轉身，便覺得向上一舉，又往下一沈；又聽得蓋了蓋，釘着釘．但是，奇怪，只釘了兩個．難道这裏的棺材釘，是釘兩個的麼？

我想：这回是六面碰壁，外加釘子．眞是完全失敗，嗚呼哀哉了！……

"氣悶！……"我又想．

然而我其實却比先前已經寧靜得多，雖然知不清埋了沒有．在手背上觸到草席的條紋，覺得这尸衾倒也不惡．只不知道是誰給我化錢的，可惜！但是，可惡，收斂的小子們！我背後的小衫的一角皺起來了，他們幷不給我拉平，現在抵得我很難受．你們以爲死人無知，做事就这樣地草率？哈哈！

我的身體似乎比活的時候要重得多，所以壓着衣皺便格外的不舒服．但我想，不久就可以習慣；或者就要腐爛，不至於再有什麽大麻煩．此刻還不如靜靜地靜着想．

"您好？您死了麽？"

是一個頗爲耳熟的聲音．睜眼看時，却是勃古齋舊書铺的跑外的小伙計．不見約有二十多年了，倒還

120

목재를 땅 위에 내려놓는 무거운 소리와 지면의 흔들림에 퍼뜩 정신이 들었다. 이마에 거적의 줄무늬가 느껴졌다. 하지만 곧 거적이 걷히고 햇빛의 뜨거운 열기를 느꼈다. 그리고 누군가의 목소리가 들렸다.

"왜 여기서 죽었지?"

허리를 굽히고 있는지 목소리가 가까이서 들렸다. 그런데 사람은 어디서 죽어야 한단 말인가. 전에 나는 사람이 지상에서 멋대로 살 권리는 없어도 멋대로 죽을 권리는 있다고 생각했다. 이제야 그렇지가 않으며 또 모든 사람의 뜻에 맞추기가 어렵다는 것을 알았다. 안타깝게도 나는 붓과 종이를 잃은 지 오래였다. 있어도 쓸 수가 없었고 또 써도 발표할 데가 없었다. 할 수 없이 이렇게 포기해야만 했다.

누가 와서 나를 수습했지만 역시 누구인지 몰랐다. 칼집 소리가 들리는 것을 보니 경찰도 있는 모양이었다. 내가 죽어서는 안 됐을 여기에 말이다. 몇 번 뒤집힌 후에 위로 들렸다가 다시 아래에 놓이는 것을 느꼈다. 뚜껑을 닫고 못을 박는 소리도 들렸다. 그런데 이상하게도 못을 두 개만 박았다. 설마 여기서는 관에 못을 두 개만 박는 걸까?

나는 생각했다. 이제는 사방과 위아래로 다 벽에 부딪치

是一副老樣子. 我又看看六面的壁, 委實太毛糙, 簡直毫没有加過一點修刮, 鋸絨還是毛毿毿的.

"那不礙事, 那不要緊."他說, 一面打開暗藍色布的包裹來. "這是明板《公羊傳》, 嘉靖黑口本, 給您送來了. 您留下他罷. 这是……"

"你!"我詫異地看定他的眼睛, 說, "你莫非真正胡塗了? 你看我这模樣, 還要看什麼明板?……"

"那可以看, 那不礙事."

我即刻閉上眼睛, 因爲對他很煩厭. 停了一會, 没有聲息, 他大約走了. 但是似乎一個馬蟻又在脖子上爬起來, 終於爬到臉上, 只繞着眼眶轉圈子.

萬不料人的思想, 是死掉之後也會變化的. 忽而, 有一種力將我的心的平安沖破; 同時, 許多夢也都做在眼前了. 幾個朋友祝我安樂, 幾個仇敵祝我滅亡. 我却總是既不安樂, 也不滅亡地不上不下地生活下來, 都不能副任何一面的期望. 現在又影一般死掉了, 連仇敵也不使知道, 不肯贈給他們一點惠而不費的歡欣. ……

我覺得在快意中要哭出來. 这大概是我死後第一次的哭.

然而終於也没有眼淚流下; 只看見眼前仿佛有火花

122

고 못까지 박히고 말았구나. 정말 완벽한 실패였다. 아
아, 슬프도다!

'답답하네!' 나는 또 생각했다.

하지만 사실 좀 전보다는 훨씬 안정되었다. 내가 땅에
묻혔는지 안 묻혔는지는 잘 모르겠지만 말이다. 손등에
거적의 줄무늬가 닿았을 때 이런 수의도 나쁘지는 않다
는 생각이 들었다. 다만 누가 내게 돈을 썼는지 몰라 안
타까웠다! 하지만 나를 염한 놈들은 괘씸했다! 등 뒤의
속옷 자락이 구겨졌는데 펴놓지 않아서 등판이 못 견디
게 배겼다. 너희는 죽은 사람이 아무것도 모를 줄 알고
이렇게 일을 허투루 해놓은 것이냐, 하하!

살아 있을 때보다 몸이 훨씬 더 무거워진 것 같아서 속
옷이 구겨진 게 몹시 불편했다. 하지만 얼마 안 가 익숙
해질 듯싶었다. 아니면 곧 썩어서 별로 성가시지 않게
될 것이다. 이제 조용히 생각이나 하는 게 나을 듯했다.

"안녕하세요, 죽은 건가요?"

무척 귀에 익은 목소리였다. 눈을 떠보니 헌책방 발고재
勃古齋의 젊은 외판원이었다. 못 본 지 이십 년이 넘었는
데도 옛날 그 모습이었다. 나는 다시 여섯 면의 벽을 살
폈다. 정말 너무 거칠었다. 표면을 전혀 안 다듬어서 톱
질 후의 가슬가슬한 나뭇결 그대로였다.

一樣，我於是坐了起來.

一九二五年七月十二日.

"괜찮아요, 별거 아니에요."라고 말하면서 그는 짙은 남색 천에 싸인 보따리를 풀었다. "이건 명나라판《공양전公羊傳》[5]이에요. 가정嘉靖 때의 흑구본黑口本[6]인데 드릴 테니 가지세요. 이건……."

"이봐!" 나는 어안이 벙벙해 똑바로 그의 눈을 보며 말했다. "진짜 머리가 어떻게 된 거 아냐? 이 모양이 됐는데 무슨 명나라 판본을 본다는 거야?"

"볼 수 있어요, 괜찮다니까요."

나는 성가셔서 바로 눈을 감아버렸다. 잠시 후, 아무 소리도 안 들리는 것을 보니 가버린 듯했다. 그런데 개미 같은 게 또 목으로 기어올라 얼굴에 닿았고 눈언저리에서만 맴을 돌았다.

죽고 나서도 사람의 생각이 변할 줄은 꿈에도 몰랐다. 느닷없이 어떤 힘이 내 마음의 평안을 깨뜨렸다. 동시에 수많은 꿈이 눈앞에 나타났다. 몇몇 친구는 내가 안락하기를 빌었고 몇몇 원수는 내가 망하기를 빌었다. 그런데 나는 항상 안락하지도 망하지도 않고 어정쩡하게 살아 어느 쪽의 기대에도 부응하지 못했다. 지금은 또 그림자처럼 죽어버려 원수들조차 알지 못하는 바람에 그들에게 힘들이지 않고 약간의 즐거움을 선사할 수 있는 기회도 잃고 말았다…….

상쾌한 가운데 울음이 터지려 했다. 그것은 아마도 내가 죽은 뒤의 첫 번째 울음이었다.

하지만 결국 눈물은 안 나왔다. 단지 눈앞에서 불꽃이 번쩍하는 듯싶더니 몸을 일으켜 앉았다.

1925년 7월 12일

这樣的戰士

要有这樣的一種戰士——

已不是蒙昧如非洲土人而背着雪亮的毛瑟槍的；也并不疲憊如中國綠營兵而却佩着盒子炮。他毫無乞靈於牛皮和廢鐵的甲冑；他只有自己，但拿着蠻人所用的，脫手一擲的投槍。

他走進無物之陣，所遇見的都對他一式點頭。他知道这點頭就是敵人的武器，是殺人不見血的武器，許多戰士都在此滅亡，正如炮彈一般，使猛士無所用其力。

那些頭上有各種旗幟，繡出各樣好名稱：慈善家，學者，文士，長者，青年，雅人，君子……頭下有各樣外套，繡出各式好花樣：學問，道德，國粹，民意，邏輯，公義，東方文明……

但他舉起了投槍。

他們都同聲立了誓來講說，他們的心都在胸膛的中央，和別的偏心的人類兩樣。他們都在胸前放着護心鏡，就爲自己也深信心在胸膛中央的事作證。

이런 전사

이런 전사가 있다면…….

미개한 아프리카 토인처럼 번쩍이는 모제르총을 메고 있지도 않고, 지친 중국 한족 병사처럼 목갑 권총을 차고 있지도 않다. 소가죽과 고철 갑옷에 의지하지도 않는다. 자기 혼자인데도 야만인이나 쓰는 투창을 들고 있을 뿐이다.

그는 무물無物의 진영으로 들어갔다. 마주치는 사람마다 그에게 똑같이 고개를 끄덕였다. 그는 그 끄덕임이 적의 무기라는 것을, 피도 안 보고 사람을 죽이는 무기라는 것을, 수많은 전사가 그것에 멸망했고 마치 포탄처럼 용사가 힘을 못 쓰게 만든다는 것을 알고 있었다.

그들의 머리 위에는 훌륭한 호칭을 수놓은 갖가지 깃발들이 있었다. 자선가, 학자, 문인, 원로, 청년, 선비, 군자……. 머리 아래에는 훌륭한 술책들을 수놓은 갖가지 외투가 있었다. 학문, 도덕, 국수國粹, 민의, 논리, 공정, 동방 문명…….

하지만 그는 투창을 치켜들었다.

但他擧起了投槍.

他微笑, 偏側一擲, 却正中了他們的心窩.

一切都頹然倒地；——然而只有一件外套, 其中無物. 無物之物已經脫走, 得了勝利, 因爲他这時成了戕害慈善家等類的罪人.

但他擧起了投槍.

他在無物之陣中大踏步走, 再見一式的點頭, 各種的旗幟, 各樣的外套……

但他擧起了投槍.

他終於在無物之陣中老衰, 壽終. 他終於不是戰士, 但無物之物則是勝者.

在这樣的境地裏, 誰也不聞戰叫: 太平.

太平……

但他擧起了投槍!

　　　　　　　一九二五年十二月二十四日.

그들은 이구동성으로 장담해 말했다. 자신들의 심장은 다 가슴 한가운데에 있어서 심장이 가슴 한쪽에 치우친 다른 인간들과는 다르다고. 그들은 다 가슴에 호신용 쇳조각을 붙여 스스로 자기 심장이 가슴 한가운데에 있다고 믿는 증거로 삼았다.

하지만 그는 투창을 치켜들었다.

그는 미소를 지으며 가슴 한쪽으로 투창을 던졌지만 그들은 정통으로 심장을 맞았다.

모든 것이 와르르 무너졌다. 그런데 외투 한 벌만 남고 그 안은 무물無物이었다. 무물의 물物은 이미 몸을 빼어 달아났고 승리를 얻었다. 왜냐하면 그는 이제 자선가의 부류를 살해한 죄인이 돼버렸기 때문이다.

하지만 그는 투창을 치켜들었다.

그는 무물의 진영에서 성큼성큼 걷다가 또 똑같은 끄덕임과 갖가지 깃발과 외투를 만났다…….

하지만 그는 투창을 치켜들었다.

그는 끝내 무물의 진영에서 노쇠하고 수명이 다했다. 그는 끝내 전사가 아니게 되었고 무물의 물이 곧 승자였다.

이런 상황에서 누구의 귀에도 싸우는 소리가 안 들렸다. 태평했다.

태평했다…….

하지만 그는 투창을 치켜들었다!

1925년 12월 24일

臘葉

燈下看《雁門集》，忽然翻出一片壓乾的楓葉來。

这使我記起去年的深秋。繁霜夜降，木葉多半凋零，庭前的一株小小的楓樹也變成紅色了。我曾繞樹徘徊，細看葉片的顏色，當他青葱的時候是從没有这麼注意的。他也幷非全樹通紅，最多的是淺絳，有幾片則在緋紅地上，還帶着幾團濃綠。一片獨有一點蛀孔，鑲着烏黑的花邊，在紅，黄和綠的斑駁中，明眸似的向人凝視。我自念：这是病葉呵！便將它摘了下來，夹在剛才買到的《雁門集》裏。大概是願使这將墜的被蝕而斑斓的顏色，暫得保存，不即與群葉一同飄散罷。

但今夜它却黄蠟似的躺在我的眼前，那眸子也不復似去年一般灼灼。假使再過幾年，舊時的顏色在我記憶中消去，怕連我也不知道它何以夹在書裏面的原因了。將墜的病葉的斑斓，似乎也只能在極短時中相對，更何況是葱鬱的呢。看看窗外，很能耐寒的樹木也早經秃盡了；楓樹更何消說得。當深秋時，想

마른 잎

등불 아래 《안문집雁門集》[7]을 펼치는데 문득 마른 단풍 잎 한 장이 나왔다.

작년 늦가을이 떠올랐다. 밤에 된서리가 내려 잎이 거의 시들고 뜰 앞의 작은 단풍나무도 빨간색으로 물들었다. 나는 나무를 돌며 잎의 색깔을 자세히 살폈다. 잎이 새 파랄 때는 그렇게 신경을 쓴 적이 없었다. 나뭇잎이 다 새빨갛지는 않았고 연분홍색이 가장 많았으며 빨간 바탕에 군데군데 녹색을 띤 것들도 있었다. 어떤 잎은 테두리가 까맣고 빨간색, 노란색, 초록색이 어우러진 가운데 벌레 구멍 하나가 뚫려 있어서 마치 아름다운 눈동자가 사람을 응시하는 듯했다. 나는 '병든 잎이잖아!'라는 생각이 들었고 그 잎을 따 방금 산 《안문집》 속에 끼워 두었다. 곧 떨어질 그 벌레 먹은 알록달록한 색깔을 잠시 보존해두고 싶었던 것 같다. 안 그러면 뭇 잎들과 함께 날려 흩어지고 말 테니까.

그런데 오늘밤 그것이 누런 밀랍처럼 내 눈앞에 누워 있다. 그 눈동자도 더는 작년처럼 반짝이지 않는다. 또 몇

來也許有和这去年的模樣相似的病葉的罷，但可惜我今年竟没有賞玩秋樹的餘閑．

　　　　　一九二五年十二月二十六日．

넌이 흐르면 예전의 그 빛깔도 기억 속에서 사라지고 그게 왜 책 속에 끼어 있는지도 모를 것이다. 곧 떨어질 병든 잎의 알록달록한 색깔도 아주 짧은 시간 마주할 수 있을 뿐이니 푸르고 울창한 색깔은 또 어떻겠는가. 창밖을 보면 추위에 강한 나무들도 일찌감치 앙상해졌으니 단풍나무는 더 말할 필요가 있겠는가. 깊은 가을이라 작년과 비슷한 모양의 병든 잎이 또 있을 듯하나 안타깝게도 올해는 가을 나무를 감상할 여유가 없다.

1925년 12월 26일

淡淡的血痕中

——記念幾個死者和生者和未生者

目前的造物主，還是一個怯弱者．

他暗暗地使天變地異，却不敢毀滅一個這地球；暗暗地使生物衰亡，却不敢長存一切尸體；暗暗地使人類流血，却不敢使血色永遠鮮穠；暗暗地使人類受苦，却不敢使人類永遠記得．

他專爲他的同類——人類中的怯弱者——設想，用廢墟荒墳來襯托華屋，用時光來冲淡苦痛和血痕；日日斟出一杯微甘的苦酒，不太少，不太多，以能微醉爲度，遞給人間，使飲者可以哭，可以歌，也如醒，也如醉，若有知，若無知，也欲死，也欲生．他必須使一切也欲生；他還没有滅盡人類的勇氣．

幾片廢墟和幾個荒墳散在地上，映以淡淡的血痕，人們都在其間咀嚼着人我的渺茫的悲苦．但是不肯吐棄，以爲究竟勝於空虛，各各自稱爲"天之僇民"，以作咀嚼着人我的渺茫的悲苦的辯解，而且悚息着靜待新的悲苦的到來．新的，這就使他們恐懼，而又渴欲相遇．

희미한 핏자국 속에서

─ 몇 명의 죽은 자와 산 자와 아직 태어나지 않은 자를 기리며

지금의 조물주는, 역시 겁쟁이다.

은밀히 천지를 바꾸면서도 감히 이 지구를 멸망시키지
는 못한다. 은밀히 생물을 소멸시키면서도 감히 모든
시체를 오래 보존하지는 못한다. 은밀히 인간을 피 흘
리게 하면서도 감히 피 색깔을 영원히 짙게 유지하지는
못한다. 은밀히 인간에게 고통을 주면서도 감히 그들이
영원히 기억하게 하지는 못한다.

그는 오로지 자신과 동류인, 인간들 속의 겁쟁이들을
위해 폐허와 황폐한 무덤으로 화려한 저택을 부각시키
고 시간으로 고통과 핏자국을 희석한다. 그리고 매일
단맛이 도는 쓴 술을 너무 많지도 적지도 않게 조금 취
할 수 있는 정도로만 인간 세계에 건넨다. 이에 그 술을
마신 사람은 울 수도 있고 노래할 수도 있으며 취한 듯
깬 듯, 아는 듯 모르는 듯, 죽고 싶기도 하고 살고 싶기
도 하다. 그는 모든 것을 살고 싶어 하게 만들어야 한다.
그는 아직 인간을 멸할 용기가 없다.

폐허 몇 군데와 황량한 무덤 몇 개가 지상에 흩어져 희

这都是造物主的良民. 他就需要这样.

叛逆的猛士出於人間；他屹立着, 洞見一切已改和現有的廢墟和荒墳, 記得一切深廣和久遠的苦痛, 正視一切重叠淤積的凝血, 深知一切已死, 方生, 將生和未生. 他看透了造化的把戲；他將要起來使人類蘇生, 或者使人類滅盡, 这些造物主的良民們.

造物主, 怯弱者, 羞慚了, 於是伏藏. 天地在猛士的眼中於是變色.

一九二六年四月八日.

미한 핏자국을 비춘다. 사람들은 다 그 사이에서 남과 자신의 막막한 슬픔과 고통을 곱씹고 있다. 하지만 뱉어내려 하지는 않는 것은 어쨌든 공허보다는 낫다고 여기기 때문이다. 그들은 스스로 '천벌 받은 자'로 칭하여 남과 자신의 막막한 슬픔과 고통을 곱씹고 있는 변명거리로 삼는다. 나아가 새로운 슬픔과 고통이 오기를 조용히 숨죽이고 기다린다. 새로운 것을 그들은 두려워하면서도 또 갈망한다.

이들은 다 조물주의 양민이다. 그는 이렇게 해야 한다.

반역의 용사가 인간 세상에 나왔다. 그는 우뚝 서서 이미 바뀌었거나 현존하는 폐허와 황폐한 무덤을 다 꿰뚫어 보았다. 깊고 광대하며 오래되고 아득한 고통을 다 기억했다. 겹겹이 쌓인 굳은 피를 다 똑바로 보고 죽은 자와 산 자와 태어날 자와 태어나지 않은 자를 다 깊이 이해했다. 그는 조물주의 농간을 간파했다. 장차 일어나서 인간을, 이 조물주의 양민들을 소생시키거나 멸하려 했다.

조물주, 그 겁쟁이는 부끄러웠고 그래서 숨어 버렸다. 이에 천지는 용사의 눈 속에서 색이 바뀌었다.

1926년 4월 8일

一覺

飛機負了擲下炸彈的使命，象學校的上課似的，每日上午在北京城上飛行．每聽得機件搏擊空氣的聲音，我常覺到一種輕微的緊張，宛然目睹了"死"的襲來，但同時也深切地感着"生"的存在．

隱約聽到一二爆發聲以後，飛機嗡嗡地叫着，冉冉地飛去了．也許有人死傷了罷，然而天下却似乎更顯得太平．窗外的白楊的嫩葉，在日光下發烏金光；榆葉梅也比昨日開得更爛漫．收拾了散亂滿床的日報，拂去昨夜聚在書桌上的蒼白的微塵，我的四方的小書齋，今日也依然是所謂"窗明幾淨"．

因爲或一種原因，我開手編校那歷來積壓在我这裏的青年作者的文稿了；我要全都給一個清理．我照作品的年月看下去，这些不肯塗脂抹粉的青年們的魂靈便依次屹立在我眼前．他們是綽約的，是純眞的，——呵，然而他們苦惱了，呻吟了，憤怒了，而且終於粗暴了，我的可愛的青年們．

魂靈被風沙打擊得粗暴，因爲这是人的魂靈，我愛

한 가지 깨달음

비행기가 폭탄 투하의 사명을 띠고 등교하듯 매일 오전 베이징 상공을 비행한다. 기체가 대기와 부딪치는 소리가 들릴 때마다 가벼운 긴장이 느껴지고 '죽음'의 기습을 또렷이 목격한다. 하지만 동시에 '삶'의 존재를 절감하기도 한다.

한두 차례 희미한 폭발음이 들린 뒤, 비행기가 윙윙대며 천천히 날아갔다. 누가 죽거나 다쳤겠지만 세상은 더 태평해진 듯했다. 창문 밖 백양나무의 새잎이 햇빛 아래 검은색으로 빛났고 풀또기도 어제보다 더 눈부시게 꽃을 피웠다. 침대 위에 온통 흐트러진 신문을 치우고 어젯밤 책상 위에 뽀얗게 내려앉은 먼지를 털어내니 네모난 내 작은 서재는 오늘도 이른바 "창문은 밝고 책상은 깨끗했다".

어떤 이유로 나는 오래 쌓아둔 젊은 작가들의 원고를 교열하기 시작했다. 전부 한꺼번에 정리해두고 싶었다. 시간 순서대로 읽다 보니 겉치레를 멀리하는 젊은이들의 영혼이 순서대로 내 눈앞에 우뚝 솟았다. 그들은 아

这樣的魂靈；我願意在無形無色的鮮血淋漓的粗暴上接吻．漂渺的名園中，奇花盛開着，紅顏的靜女正在超然無事地逍遙，鶴唳一聲，白雲鬱然而起……．這自然使人神往的罷，然而我總記得我活在人間．

我忽然記起一件事：兩三年前，我在北京大學的教員豫備室裏，看見進來一個幷不熟悉的青年，默默地給我一包書，便出去了，打開看時，是一本《淺草》．就在這默默中，使我懂得了許多話．阿，這贈品是多麽豐饒呵！可惜那《淺草》不再出版了，似乎只成了《沈鍾》的前身．那《沈鍾》就在這風沙澒洞中，深深地在人海的底裏寂寞地鳴動．

野薊經了幾乎致命的摧折，還要開一朵小花，我記得托爾斯泰曾受了很大的感動，因此寫出一篇小說來．但是，草木在旱乾的沙漠中間，拼命伸長他的根，吸取深地中的水泉，來造成碧綠的林莽，自然是爲了自己的“生”的，然而使疲勞枯渴的旅人，一見就怡然覺得遇到了暫時息肩之所，這是如何的可以感激，而且可以悲哀的事?!

《沈鍾》的《無題》——代啓事——說：“有人說：我們的社會是一片沙漠．——如果當眞是一片沙漠，這雖然荒漠一點也還靜肅；雖然寂寞一點也還會使

름답고 순진했다. 아, 하지만 그들은 고민하고, 신음하고, 분노하여 끝내 거칠어졌다, 나의 그 사랑스러운 젊은이들은.

영혼이 모래바람에 시달려 거칠어지는 것은 그것이 인간의 영혼이기 때문이다. 나는 그런 영혼을 사랑한다. 선혈이 낭자한 무형무색의 그 거칠음에 입맞추고 싶다. 아스라한 정원에 기이한 꽃들이 활짝 피어 있고 아름답고 정숙한 여인이 초연히 거니는 가운데 학이 울고 흰 구름이 뭉게뭉게 피어오르는 광경을 동경하지 않는 사람은 없다. 하지만 나는 내가 인간 세상에 살고 있음을 늘 잊지 않는다.

문득 어떤 일이 떠올랐다. 이삼 년 전, 베이징대 교수실에 있는데 낯선 청년이 들어와 말없이 책 보따리를 주고 바로 나갔다. 풀어보니《천초淺草》라는 잡지였다.[8] 청년의 침묵에서 나는 많은 말을 이해했다. 아, 그 선물은 너무나 풍요로웠다! 안타깝게도《천초》는 더 나오지 못하고《침종沈鍾》의 전신前身이 된 듯하다.《침종》은 이 자욱한 모래바람 속에서 세상의 밑바닥에 깊이 자리하여 외롭게 울리고 있다.

엉겅퀴는 거의 죽을 지경으로 꺾여도 한 송이 작은 꽃을 피우려 한다. 톨스토이가 이에 크게 감동해 소설을

你感覺蒼茫. 何至於象这樣的混沌, 这樣的陰沈, 而且这樣的離奇變幻!"

是的, 青年的魂靈屹立在我眼前, 他們已經粗暴了, 或者將要粗暴了, 然而我愛这些流血和隱痛的魂靈, 因爲他使我覺得是在人間, 是在人間活着.

在編校中夕陽居然西下, 燈火給我接續的光. 各樣的青春在眼前一一馳去了, 身外但有昏黃環繞. 我疲勞着, 捏着紙煙, 在無名的思想中靜靜地合了眼睛, 看見很長的夢. 忽而警覺, 身外也還是環繞着昏黃; 煙篆在不動的空氣中飛升, 如幾片小小夏雲, 徐徐幻出難以指名的形象.

一九二六年四月十日.

썼던 게 기억난다. 그런데 초목은 메마른 사막 한가운데서 있는 힘껏 뿌리를 뻗고 깊은 땅속의 샘물을 빨아들여 푸른 숲을 이룬다. 이는 당연히 자신의 '삶'을 위한 것이지만 피곤하고 목마른 나그네가 보면 기뻐하며 잠시 쉴 곳을 만났다고 여길 테니 이 얼마나 감동적이면서도 슬픈 일인가!

《침종》의 〈무제 ― 광고를 대신하여〉라는 글에 이런 말이 있다. "우리 사회가 사막이라고 누가 말했다. 정말로 그렇다면 조금 황량하긴 해도 고요할 것이며 조금 적막하긴 해도 아련한 느낌이 들 것이다. 이런 혼돈, 이런 어둠 그리고 이런 신비와 조화에 어떻게 이르겠는가!"

그렇다. 청년들의 영혼이 내 눈앞에 우뚝 솟았다. 그들은 이미 거칠어졌거나 거칠어지려 한다. 하지만 나는 피 흘리며 몰래 아파하는 그 영혼들을 사랑한다. 내가 인간 세상에 있고 인간 세상에서 살아가는 것을 느끼게 해주기 때문이다.

교열을 하다 보니 어느새 해가 기울고 등잔불이 계속 내게 빛을 비추었다. 여러 청춘이 하나씩 눈앞을 달려가는데 밖에서는 황혼만 감돌고 있었다. 나는 피곤했고 담배를 쥐고 있었다. 이름 없는 생각에 잠겨 조용히 눈을 감았다. 긴 꿈을 보다가 문득 놀라서 깨어보니 밖은

아직도 황혼이 감돌고 있었다. 꼼짝 않는 공기 속을 담배 연기가 글자 모양으로 솟아올랐다. 마치 몇 점의 자그마한 여름 구름처럼 뭐라 이름 짓기 힘든 형상을 모락모락 그려냈다.

1926년 4월 10일

慣於長夜

慣於長夜過春時, 挈婦將雛鬢有絲.

夢裏依稀慈母漏, 城頭變幻大王旗.

忍看朋輩成新鬼, 怒向刀叢覓小詩.

吟罷低眉無寫處, 月光如水照緇衣.

긴 밤에 익숙해져

긴 밤에 익숙해져 봄을 보내는데
처자를 건사하다 귀밑머리 희었구나
꿈결에 어머니 우시는 모습 어렴풋하고
성벽 위 군벌의 깃발 덧없이도 바뀐다
친구들이 죽는 것을 차마 볼 수가 없어
분노하여 도검의 숲에서 시구를 찾지만
그저 읊을 뿐 둘러봐도 실을 곳은 없고
물 같은 달빛만 내 검은 옷을 비춘다

1931년 2월

偶成

文章如土欲何之，

翹首東雲惹夢思．

所恨芳林寥落甚，

春蘭秋菊不同時．

무심코 쓴 시

글을 써도 소용없으니 무엇을 해야 하나
머리 드니 동녘의 구름 헛된 상념 일으킨다
한스러워라, 향기롭던 숲 거칠기 그지없으니
봄 난초와 가을 국화는 언제나 이어 필까

1932년 3월 31일

題《彷徨》

寂寞新文苑, 平安舊戰場.

兩間餘一卒, 荷戟獨彷徨.

《방황》에 부쳐

새 문단은 쓸쓸하고

옛 전장은 평안하다

천지 간에 병졸 하나 남아

창 메고 홀로 헤매고 있다

1933년 3월 2일

無題

萬家墨面沒蒿萊, 敢有歌吟動地哀.
心事浩茫連廣宇, 於無聲處聽驚雷.

무제

뭇 백성의 수척한 얼굴, 잡풀에 묻혔는데

어찌 감히 노래해 대지의 슬픔 자아낼까

아득한 내 시름, 넓디넓은 세상에 미쳐

소리 없는 곳에서 천둥소리를 듣는다

1934년 5월 30일

亥年殘秋偶作

曾驚秋肅臨天下，敢遣春溫上筆端．

塵海蒼茫沈百感，金風蕭瑟走千官．

老歸大澤菰蒲盡，夢墜空雲齒髮寒．

竦聽荒雞偏闃寂，起看星斗正欄干．

을해년 늦가을에 무심코 짓다

스산한 가을 기운 천하를 덮어 놀란 마당에
어찌 감히 봄의 따스함을 붓끝에 풀어낼까
인간 세상 아득하여 온갖 생각이 교차하고
소슬한 가을바람에 숱한 관리들 도망친다
나이 들어 숨어 살려 해도 머물 곳 없고
꿈에 구름 위에 떨어져 온몸을 떨었다
밤 닭 소리에 귀기울여도 고요하기만 하여
몸 일으켜 기울어가는 북두성을 바라본다

1935년 12월 5일

주

1   페퇴피 산도르Petőfi Sándor(1823~1849)는 헝가리의 국민 시인으로 소상인의
    아들로 태어나 가난 속에서 단역 배우, 군인을 거쳐 고학으로 대학을 다녔
    다. 1844년 발표한 첫 시집에서 자유를 추구하는 소박한 정열을 선보여 삽
    시간에 명성을 얻었고 1848년 페슈트 봉기 때 민중 시인으로 헝가리 민족
    의 자유 투쟁에 투신, 이듬해 전사했다.

2   당나라 때 서견徐堅 등이 현종의 명을 받아 편찬한 책. 시문을 짓는 데 필요
    한 고금의 말, 구절, 작품 등을 모아 분류, 배열했다.

3   루쉰의 고향인 저장성 샤오싱紹興 부근의 고대 국도, 명승지로 유명하다.

4   밀가루 반죽을 둥글납작하게 만들어 화덕 안에 붙여서 구운 빵으로 겉에 참
    깨를 뿌려 먹는다.

5   전국시대 제나라 사람인 공양고公羊高가 저술했다고 하는 《춘추》 해설서.

6   가정은 명나라 세종의 연호(1522~1566)이고 흑구본은 판심의 아래위에 검
    은 선이 생기게 묶은 고서를 뜻한다.

7   원나라 시대의 회족 또는 몽골족 관리로 화가, 시인, 서예가였던 살도랄薩都
    剌의 시집.

8   1922년 상하이에서 만들어진 문학동인 천초사가 1923년 3월에 창간한 문
    예 계간지. 4호까지 나오고 정간되었다.

옮긴이의 말

1998년 어느 가을날 오후, 나는 강남 테헤란로 뒤편의 작은 건물 4층에 찾아갔다. 그곳은 이미 고인이 되신 은사 허세욱 선생님의 서재였다. 만사에 퉁명스럽기 그지없던 선생님은 "석사논문 주제를 무엇으로 잡으면 좋을까요?"라는 내 질문에 기다렸다는 듯이 서가로 가서 16절 크기의 얇은 책 한 권을 뽑아오셨다. 그리고 딱 한마디, "이걸로 해"라고 하셨다. 추가 설명은 없었다. 그저 오기로 살아가던 젊은 날의 나도 더 묻지 않고 "네, 그러겠습니다"라고 답하고서 그 책을 챙겨 집으로 돌아갔다. 그 책은 중국의 고전문학 연구자 저우전푸周振甫가 엮은 《루쉰 시 전편魯迅詩全編》이었고 실제로 나는 그 책을 주요 저본으로 삼아 그 후로 1년 동안 석사논문을 썼다. 그러니까 내 석사 전공은 루쉰의 시인 셈이며 나는 이《죽은 불》에 수록된 시의 대부분을 당시 석사논문을 쓰는 과정에서 번역했다.

솔직히 나는 지금도 그렇지만 그때도 이 루쉰이라는 작가를 별로 좋아하지 않았다. 살아생전 사회진화론자, 인도주의자, 마르크스주의자로 변신하며 당대의 정치적·문학적 논쟁에서 항상 진보적 입장을 견지한 그의 엄격하고 첨예한 정신은 분명 존경할 만하지만, 그는 논쟁의 상대편에 대해 전혀 관용을 베풀 줄 모르는 사람이었다. 그리고 소설집 2권과 얼마 안 되는 서정 산문을 빼고는 주로 '잡문雜文'이라는 정치 비평문을 쓰는 데 주력했던 그에게 뚱딴지같이 '대문호'라는 호칭이 붙여져, 중국에서든 한국에서든 그를 공부하지 않으면 중문학자가 아니라는 식의 호들갑이 난무하는 게 무척 눈꼴시기도 했다. 하지만 그런데도 나는 허세욱 선생님의 제안 때문에 본의 아니게 루쉰을 전공하게 되었다.

다행히 본의 아닌 것이 본의로 바뀌기까지는 얼마 걸리지 않았다. 그 계기가 된 것은 루쉰이 서거한 뒤, 그의 아내 쉬광핑許廣平이 인터뷰에서 밝힌 아래의 내용이다.

저우周 선생(루쉰)은 오전엔 다른 일은 하지 않고 주

164

로 그날 온 신문 잡지를 읽곤 했어요. 또 점심 식사 후엔 짧게 낮잠을 자는 습관이 있었죠. …… 저우 선생은 눈을 감고 있어도 꼭 잠을 자는 건 아니었어요. 왕왕 이때 묵묵히 시구를 읊조리곤 했어요. …… 그분이 낮잠을 깨고 하는 첫 번째 일은 책상 앞에 앉아 쪽지 하나를 꺼내고는 완성된 시구를 적는 거였어요. 한 연이나 혹은 두 연인 적도 있었으니까 반드시 한 편을 다 쓴 건 아니었어요. 그러고는 서랍 안에 넣어두었어요. 새로운 시구를 얻었을 때는 즉시 쪽지에 적어두었고, 새로운 시구가 안 나오는 날엔 쌓아둔 여러 시구들을 펴서 다시 읽어보고는 몇 구를 첨가해 한 편을 완성하기도 하고 맘에 안 드는 시구를 몇 자 고치기도 했어요. 또는 꾸깃꾸깃 뭉쳐서 휴지통에 버리기도 했고요. …… 저우 선생은 그런 시구들을 별로 중요하게 생각하지는 않았어요. 버린 것도 적지 않아서 완성된 것만 따로 한구석에 두었어요. 만약 누군가 종이를 가져와서 글을 써달라고 부탁하면 저우 선생은 어떤 때는 즉석에서 새 시구를 적어주었고, 또 어떤 때는 서랍 안에서 완성된 시편을 찾아 적어주기도 했어요. 그리고 모두 그날의 일기에 기록해두곤 했죠.

비로소 나는 루쉰의 시를 연구하는 것이 그의 소설이나 기타 산문을 연구하는 것과는 차원이 전혀 다르다는 사실을 깨달았다. 루쉰에게 시는 일상적 감성의 편린을 담는 매체였고 나아가 산문시인《들풀》23편은 그의 가장 내밀한 존재론적 사유와 삶에 대한 절망을 표현한 작품이었다. 이제 내가 루쉰을 좋아하는지, 좋아하지 않는지는 중요한 문제가 아니었다. 개인적 취향을 떠나 내게는 루쉰이라는, 현대 중국 문단에서 가장 문제적이었던 인물의 모순 가득한 영혼을 들여다 볼 수 있는 기회가 주어진 셈이었고 문학 연구자에게 그것만큼 매력적인 일은 없었다. 그래서 나는 그 후로 꼬박 1년을 그야말로 "하얗게 불태웠다". 루쉰 시 89편을 재료로 삼아 인간 루쉰의 내면 지도를 밤낮 없이 그려나갔다.

나는 석사논문이 나오자마자 당연히 제일 먼저 허세욱 선생님께 그것을 부쳤고 또 나중에 따로 찾아뵈었다. 그때 선생님께 어떤 이야기를 들을지 기대했는지는 기억이 안 난다. 아마 "당신이 내준 이 어려운 숙제를 제가 이렇게 멋지게 해결했습니다!"라고 떳떳이 선생님을 마주했을 듯한데, 선생님의 반응은 아주 차갑고 건조했다. "《들풀》을 넣었더구나", 이 한 마디뿐이었다. 이런 반응을 아주 예상치 않았던 것은 아니었지만 나는 잠시 멍

해지고 말았다. 그렇다. 처음에 선생님이 내게 주신 《루쉰 시 전편》에는 루쉰의 현대시와 고전시만 있었지, 산문시인 《들풀》은 없었다. 엮은이인 저우전푸는 《들풀》을 시로 인정하지 않았다. 허 선생님 역시 시로 인정하지 않았다. 루쉰은 어땠을까? 산문시의 형식이 제대로 확립되지 못했던 1920년대 중국 문단에서 그는 자신의 넘치는 시적 감수성을 산문으로 풀어버렸고 스스로 그것을 '산문시'라 명명했다. 따라서 루쉰 자신도 《들풀》을 쓰고 세상에 내놓기까지 계속 시와 산문의 경계에서 조마조마한 마음이 있었을 것이다. 그렇다면 나는? 잘 모르겠다. 그저 《들풀》의 〈눈〉, 〈희망〉, 〈이런 전사〉 같은 작품을 제외하고 어떻게 루쉰의 시 세계를 하나의 가치 있는 대상으로 확보할 수 있느냐는 생각뿐이었다. 산문시 《들풀》을 빼고 나면 루쉰의 시는 너무나 일상적이고 빈약해져 버린다.

그 후, 2010년 급환으로 돌아가시기까지 10년 동안 허세욱 선생님은 단 한 번도 내 앞에서 내 석사논문에 관한 이야기를 다시 꺼내신 적이 없다. 나는 석사 2년에 이어 박사 3년을 또 내내 선생님의 수업을 들었고 박사를 수료한 뒤에는 가끔 종로로 불려 나가 선생님과 탁구를 치고 맥주를 마셨다. 선생님은 나를 어떻게 생각하셨는지는 잘 모르지만 그때도 그전에도 선생님은 내게 루쉰과 비슷한 존재였다. "엄격하고 첨예한 정신은 분명 존경할 만하지만" 정말 관용적이지 못한 분이었다! 심지어 번역가로 왕성히 활동하는 내게 "왜 번역 같은 걸 하고 있니? 논문을 쓰고 교수가 돼야지. 더 나이 들면 번역은 할 일이 못 돼"라는 직언(?)까지 서슴지 않으셨다.

석사논문을 쓴 지 어느새 20여 년이 흘렀다. 그리고 우연히 일다출판사의 고마운 제안을 받아, 당시 번역한 루쉰의 시들을 다듬어 이렇게 《죽은 불》을 세상에 내놓게 되었다. 이 역자 후기를 쓰면서 나는 다시금 허세욱 선생님과 이 시들의 관계를 돌아본다. 인정하기는 싫지만 확실히 이 시들은 선생님이 내게 끼친 영향력의 소산이 맞기는 하다. 나아가 역시 인정하기 싫지만 선생님이 생전에 내게 툭툭 던지셨던 몰인정한 말씀은 선생님 나름의 방식으로 내게 베푸셨던 관심과 친절이었다. 그래서 더 인정하기 싫지만 나는 선생님께 진심으로 감사해하고 있다.

마지막으로 현재 중문학계의 큰 어른 중 한 분인 유세종 선생님께도 감사를 드린다. 이 《죽은 불》에 실린 33편의 시 중 21편은 본래 《들풀》에 실렸던 산문시이고 《들풀》은 유 선생님이 1996년에 번역해 솔출판사에서 간행한 바 있다. 이 번역본이 없었으면 나는 《들풀》의 깊고 난해한 속내를 미처 헤아리기 힘들었을 것이다.

2021년 7월

김택규

죽은 불

ISBN 979-11-89433-38-3(04800)
ISBN 979-11-960149-5-7(세트)

초판 1쇄 발행 2021년 10월 13일

지은이 루쉰
옮긴이 김택규
편집 서대경·김현우
디자인 Eiram

펴낸곳 인다
등록 제300-2015-43호. 2015년 3월 11일
주소 (04035) 서울시 마포구 양화로11길 64, 401호
전화 02-6494-2001 **팩스** 0303-3442-0305
홈페이지 itta.co.kr **이메일** itta@itta.co.kr